GALERIE DES SAINTS

Publiée

SOUS LA DIRECTION DE M. L'ABBÉ BERNARD,

CHANOINE D'AVIGNON,

ET SOUS LE PATRONAGE DE Mgr L'ARCHEVÊQUE D'AVIGNON.

HÉROS DE LA CHARITÉ.

HISTOIRE

DE

SAINT ROCH

PAR L'ABBÉ J.-F. ANDRÉ

CORRESPONDANT DU MINISTÈRE POUR LES TRAVAUX HISTORIQUES.

CARPENTRAS.

L. DEVILLARIO, IMPRIMEUR-LIBRAIRE.

PROPRIÉTÉ.

ARCHEVÊCHÉ D'AVIGNON.

Avignon, le 11 avril 1854.

A MONSIEUR L'ABBÉ BERNARD,

Chanoine de la Métropole d'Avignon.

J'ai pris connaissance, mon cher abbé, du plan de publication des *Vies des Saints* que vous m'avez soumis : j'en approuve le titre « Galerie des Saints », mais ce n'est pas assez de dire que j'en approuve le dessein : je l'encourage, je le patronne de toute mon âme, et je suis assuré que vous trouverez dans tous les vénérés prélats de France un même concours de sentiments.

A une époque où la lecture est devenue un besoin universel, il était indispensable de fournir un aliment à cette faim de livres, et, après les Saintes Écritures, nulle lecture n'est plus substantielle, plus utile, plus intéressante que celle de la vie des Saints : c'est l'Evangile en action. Vous avez conçu votre publication sous un point de vue d'à-propos qui mérite d'être signalé et qui la distingue des autres publications de ce genre, déjà souvent tentées. En divisant les *Vies des Saints* en plusieurs catégories, en appropriant à chaque classe de lecteurs, les vies des Saints, *enfants, pauvres, artisans, femmes, veuves, cultivateurs, servantes, domestiques, soldats, pénitents,* etc., vous leur donnez un attrait tout nouveau, et vous remettez en lumière des trésors ignorés.

Les travaux auxquels vous vous êtes livré pour propager les bonnes doctrines parmi le peuple ne peuvent être mieux couronnés que par cette entreprise apostolique : elle est le complément de votre mission, et je ne doute pas que vous n'y réussissiez, avec le zèle que je vous connais et le tact que vous avez de ce qui convient au temps présent

Je verrai avec plaisir que le clergé et les laïques catholiques vous secondent dans cette œuvre qui, je le sais, ne dépasse pas votre courage, mais qui excèderait les forces d'un seul.

Je félicite l'éditeur, M. Devillario, d'avoir mis ses presses et sa fortune au service d'une si belle et si méritoire entreprise. J'ai la bonne confiance qu'il trouvera, dans le succès de l'œuvre et dans la considération que ses sacrifices lui mériteront auprès du clergé et des hommes de bien, une légitime rémunération.

Recevez, mon cher abbé, l'assurance de mon affectueux dévouement.

† J.-M. MATHIAS,

Archevêque d'Avignon.

PRÉFACE.

—

Si Dieu est admirable dans ses saints par les grâces et les miraculeuses vertus dont il les doue, il ne l'est pas moins par l'à-propos avec lequel il les suscite selon les besoins de chaque époque. A chaque maladie de l'humanité le remède sort des trésors de la miséricorde divine. Soit que Dieu, irrité contre les hommes, les punisse par les maux physiques, soit que les hommes, en révolte contre leur Créateur, produisent les perturbations morales les plus étranges, nous voyons toujours apparaître l'envoyé de la droite du Seigneur, mis comme un mur devant le fléau moral ou comme une espérance au sein de l'humanité brisée dans la douleur. Quand Arius parut, essayant de détruire le christianisme de fond en comble, en amoindrissant le divin Rédempteur des hommes, S. Athanase fut choisi pour renverser ce nouveau Goliath ; les nombreuses et terribles pestes du moyen âge trouvèrent un céleste médecin dans S. Roch; à Luther et à Calvin, Dieu opposa S. Ignace et sa milice ; et quand sont venus les siècles du matérialisme et de l'égoïsme érigés en principe, Dieu mit dans le cœur de S. Vincent de Paul une partie de son amour, de sa dilection, de sa miséricorde, et les miracles de la charité naquirent sous les pas de cet homme providentiel, dont le nom sert encore d'étendard à tous les cœurs de bonne volonté, désireux de sauver le monde par le dévouement et l'amour du prochain.

Aucun saint n'est plus connu, plus populaire que S. Roch, et sur l'existence d'aucun on ne voit planer plus de ténèbres et plus d'incertitudes. Tous ceux qui ont écrit sur ce grand serviteur de Dieu ont entassé les plus étonnantes contradictions qu'ils se sont religieusement transmises, sans avoir l'idée une seule fois de contrôler les dates avec les faits, pour comprendre qu'ils tombaient dans l'absurde. Ainsi, on le fait naître en 1295, et on lui fait avoir, à l'âge d'environ 25 ans, un entretien à Rome avec le souverain pontife, par l'entremise d'un cardinal auquel on donne un nom imaginaire. Mais aucun de tous ces écrivains n'avait encore eu la pensée, bien simple cependant, qu'à cette époque, c'est-à-dire en 1320, la cour romaine et le souverain pontife se trouvaient dans Avignon, en la personne du grand pape Jean XXII, et que parmi les membres du sacré Collége il n'en existe aucun qui, de près ou de loin, puisse rappeler un *cardinal Britonique*.

Pour nous, sans avoir l'ambition de vouloir donner du nouveau sur la vie de ce grand serviteur de Dieu, nous aurons celle du moins de donner des choses exactes. Nous contrôlerons, les uns par les autres, soit les divers documents que nous avons découverts, soit ceux qu'ont réuni les savants Bollandistes ; nous ferons ressortir en même temps la physionomie du siècle où naquit S. Roch, pour mieux montrer son action sur son époque et sur les siècles suivants ; nous tâcherons, en un mot, de donner un S. Roch que la critique historique puisse accepter, tout en conservant rigoureusement le S. Roch consacré par la piété des peuples.

Écrire l'histoire de S. Roch, sans faire connaître cette terrible peste du XIVme siècle qui dépeupla le monde et mit en relief ce serviteur de Dieu, ce serait laisser un côté saillant de la médaille. On peut dire que ce fléau fut la raison d'être de S. Roch, et qu'il fixe irrévocablement la date de la naissance du Saint. Évidemment S. Roch fut le bienfaiteur des pestiférés durant sa vie, avant d'être invoqué comme patron de la peste. Son dévouement frappa le peuple, et son nom sortit immortel.

CHAPITRE I.

La peste noire. — Montpellier au XIVme siècle. — Naissance de S. Roch.

Au commencement de l'année 1348, un cri d'épouvante, porté par les voyageurs et les pèlerins, se répandit dans toute l'Europe méridionale : — La peste noire ! Ce fléau du XIVme siècle, le plus terrible peut-être de tous ceux qu'a jamais éprouvés l'humanité, était parti des provinces asiatiques situées entre le Gange et l'Indus. Après avoir ravagé la Chine, l'Inde, la Perse, l'Arménie, l'Egypte, il apparut tout d'un coup, porté par le commerce, dans les îles de l'Archipel grec et à l'embouchure du Tanaïs. Les vaisseaux italiens qui se trouvaient en grand nombre dans les différentes Echelles du levant, emportèrent la contagion avec les riches denrées de ces pays. La mortalité avait déjà dépeuplé les équipages, lorsque les navires arrivèrent dans les ports d'Amalfi, de Pise, de Gênes, d'Ancône, de Venise. Les premiers symptômes du mal éclatèrent à Pise et à Gênes. De là, le fléau vola, comme l'ange exterminateur, dans la Toscane, la Romagne, la Campanie, la Lombardie. Il ne tarda pas à franchir les monts, et s'étendit dans la Savoie, le Dauphiné, la Provence et le nord de la France. Des négociants espagnols prirent la contagion dans les ports de Marseille et d'Aigues-Mortes, et la transportèrent en Catalogne et dans les royaumes hispaniques. Deux ans après son apparition, elle avait dévasté tout le midi de l'Europe, et elle portait ses ravages en Angleterre, en Allemagne, en Hongrie et jusque dans les royaumes scandinaves, le

Danemark, la Suède et la Norwège. La lointaine Islande elle-même, aux confins de l'Amérique, ne put se soustraire au fléau par l'immensité des mers qui l'entourait de toute part.

Les chroniqueurs, qui écrivaient même plusieurs années après, sont toujours sous l'impression de la terreur qu'inspira la vue de tant de douloureux spectacles. Il reste prouvé en histoire que les deux tiers de l'humanité périrent à cette époque, et que l'Italie n'a jamais pu se relever de cette dépopulation. La ville de Sienne et ses faubourgs perdirent 70,000 âmes; 40,000 personnes succombèrent à Parme; à Trapani, en Sicile, il ne resta pas un habitant. D'après un chroniqueur italien que nous avons sous les yeux, Florence perdit 100,000 personnes en quelques mois.

La France ne fut guère mieux épargnée que l'Italie. Dès les premiers jours de l'invasion, Avignon, qui était alors la capitale de l'Europe et qui renfermait 100,000 habitants dans ses murs, indépendamment de sa population flottante venue de tous les points du globe, Avignon compta cinq cents morts, puis mille, puis enfin, dit un chroniqueur, les vivants ne purent suffire à ensevelir les morts. Marseille vit périr sa population tout entière; Paris qui, d'après un manuscrit de l'époque, comptait 274,940 habitants, inhuma pendant plusieurs mois treize cents morts par jour.

Il arriva alors ce que l'on voit toujours aux grande époques de calamité: le sens moral de l'humanité baissa considérablement. Les uns, au lieu d'avoir recours à Celui qui frappe et qui guérit, cherchaient à s'étourdir dans des orgies coupables, et l'on voyait bien souvent des visages livides contournés par la souffrance, avec le front couronné des fleurs du plaisir. Ailleurs, des personnes adorées un instant auparavant, se tordaient maintenant dans leur solitaire agonie, abandonnées de leurs parents, de leurs amis. Dès que quelqu'un était frappé, tout le monde fuyait. Il y eut de sublimes dévouements, mais en petit nombre, et d'innombrables lâchetés. Le courage moral qui fait affronter le théâtre obscur, silencieux d'une contagion, ne sera jamais que le partage des âmes d'élite qui vont puiser leur force dans Dieu. Tel fait le fanfaron dans un incendie qui sèche de terreur et se cache devant un fléau contagieux. Les S. Grégoire, les S. Roch, les S. Charles, les Belzunce ne sont pas mus par les applaudissements de la foule réunie devant une maison embrâsée, mais par le prix des âmes que Jésus-Christ a rachetées de son sang, et qu'ils vont chercher dans l'isolement de leur grabat contagieux. Le chroniqueur de Parme trace le tableau le plus déplorable de l'état moral de la société durant les plus grandes horreurs de l'épidémie : les médecins abandonnaient les malades ; les parents refusaient les premiers secours à leurs proches, et à ces lâchetés se joignait, dit-il, un plus grand débordement de tous les vices.

La maladie commençait par un bubon noirâtre qui se manifestait aux aînes ou aux aisselles. Aussitôt une soif dévorante brûlait les entrailles de la victime ; les yeux devenaient hagards, la voix rauque, saccadée, la langue sèche et froide. Des spasmes, des vomissements douloureux survenaient; la peau, noire et gluante, exhalait une odeur fétide. On expirait bientôt au milieu des convulsions et des cris de désespoir où l'abandon jetait les victimes. « Une douleur brûlante, dit *maistre Symon Cauvin, grant astrologien et docteur de Paris*, dans son poème latin, écrit en 1350, naît tantôt dans l'aîne, tantôt sous les aisselles ou se propage dans la région précordiale; des fièvres mortelles s'emparent des parties vitales; le cœur et le poumon sont totalement infectés; les voies respiratoires ont horreur de ce virus; aussi les forces tombent subitement et le malade ne peut supporter ce fléau que pendant peu de jours..... Le visage pâlit, ajoute notre *grant astrologien;* la rougeur de la face prend une teinte foncée. A peine est-il un seul être vivant sur lequel la pâleur n'ait pas marqué son empreinte. Il suffit de voir la figure des hommes et des femmes pour y lire la funeste écriture et le coup qui les menace. Cette teinte pâle annonce le trépas qui s'approche, et avant le jour fatal la mort paraît assise sur le visage! Rien ne met à l'abri du fléau : ni la chaleur, ni le froid, ni la salubrité des pays quelque grande qu'elle soit... Peu importe que l'aquilon ait remplacé le vent humide du midi ; aucun souffle n'est salutaire de quelque côté de l'horizon qu'il vienne..... On a éprouvé que lorsque le mal commence dans une maison, assure *maistre Cauvin*, à peine un seul habitant échappe-t-il. La contagion est telle qu'un malade infecte tout le monde. Un léger contact, la seule respiration suffisent pour donner la maladie. Ceux qui s'efforcent d'administrer aux malades les secours ordinaires en sont les victimes.... Les prêtres, au milieu des secours spirituels, périssaient souvent plus vite que les malades qu'ils étaient venus secourir... Ceux qui étaient nourris d'aliments peu substantiels, tombaient frappés au moindre souffle du mal. »

Les rues étaient encombrées de mourants que personne ne voulait secourir, ou de cadavres en putréfaction que personne ne voulait inhumer. Alors, comme dans une époque plus récente, la populace se mit à crier : *aux empoisonneurs !* Alors, comme en 1832, on accusait je ne sais qui d'avoir empoisonné *l'air, les puits, les marchandises, les maisons.* Les contes les plus absurdes étaient pareillement mis en circulation ; et alors, comme de nos jours, d'horribles scènes de cruautés eurent lieu pour exterminer les prétendus empoisonneurs. L'Europe entière se tordait dans le désespoir (1).

Au milieu de ces désastres, un nom sortit comme une espérance du sein des terreurs universelles. Le souvenir de la peste noire, resté impérissable dans l'histoire par la grandeur exceptionnelle du mal, réagit dans la mémoire des peuples et rendit également indestructibles le nom du puissant thaumaturge de la peste. On peut dire que sa canonisation commença de son vivant. On se remémorait avec enthousiasme les pestiférés qu'il avait guéris, les hôpitaux dont il

(1) Nous avons tiré ce tableau de la peste noire, fait d'après de nombreux documents contemporains, de notre *Histoire de la Monarchie Pontificale au XIVme siècle*, pag. 292 et suiv.

avait était l'ange tutélaire, la merveilleuse inscription trouvée sur les murs ténébreux du réduit où il rendit son dernier soupir, inscription gravée par les mains mêmes d'un ange. *Je signifie et donne avis*, avait-on lu sur un petit tableau appendu à côté du cadavre du Saint, *que ceux qui seront frappés de la peste et qui recourront à la protection de Roch échapperont du danger par son intercession*. Ces mots et cette promesse, admis sans conteste par les imaginations naïves et pleines de foi des hommes du moyen âge, volèrent de bouche en bouche, et en peu de temps le culte de S. Roch devint universel au sein de ces populations décimées périodiquement par des pestes endémiques, par le feu des ardents, par la lèpre, par la danse Saint-Gui, et par l'éléphantiasis et autres maux qui ont disparu pour faire place à de nouveaux fléaux.

La dévotion du peuple pour ce grand serviteur de Dieu commença donc le jour même de sa sépulture, et s'accrut rapidement. Son nom se trouvait presque aussi souvent sur les lèvres de toutes les nations chrétiennes que le nom béni de la Vierge Marie, à laquelle l'amour des peuples décerna partout la royauté attestée par la qualification toute féodale et si douce de *Notre-Dame* (1).

Pour faire une œuvre complète dans un petit cadre, il est nécessaire de dire quelques mots de la ville qui a eu le bonheur d'être le berceau de S. Roch. Au VIIIme siècle, Montpellier n'existait pas encore. Là où s'élève aujourd'hui cette grande cité, on ne voyait qu'un pauvre village inconnu et oublié sur sa colline couronnée d'épaisses forêts. Chassés par les Sarrazins, les habitants de Maguelonne vinrent se réfugier dans ce lieu salubre et paisible. Les proscrits, marchands industrieux, ne tardèrent pas à agrandir l'enceinte de leur nouvelle patrie, et le désert se couvrit promptement de magasins et de maisons. De là, ils renouvelèrent leurs anciennes relations avec les mar-

(1) Dans ce siècle où l'on dénature tout, il est douloureux de voir que l'on répudie la belle et touchante appellation de *Notre-Dame* pour celle à *la mode* de *la Madone*. Ce mot, en italien, a toute la signification de celui de Notre-Dame, mais travesti en français, il ne nous laisse qu'imparfaitement *la Bonne Mère*.

chands italiens et levantins, et le commerce de la nouvelle ville prit une extension considérable. Deux cents ans après sa fondation, Montpellier était l'entrepôt de l'Espagne, de l'Italie et de la Grèce. Il est vrai que là, plus que partout ailleurs, l'hospitalité était franche et généreuse et la plus grande protection assurée aux étrangers. Les statuts de cette cité si promptement civilisée en font foi. On lit, en effet, dans ce recueil : « Toute personne, de quelque pays qu'elle soit, peut, en temps de paix ou de guerre, entrer en sûreté avec ses biens dans Montpellier, y séjourner, et en sortir sans opposition. Alors ses marchandises doivent être en sûreté dans la ville, même en son absence.... Si un étranger a déposé quelque somme entre les mains d'un homme de Montpellier ou s'il lui a prêté son or, son argent ou autre chose ; ou s'il est entré avec lui en société de biens; ou s'il exerce lui-même quelque art ou métier, il doit avoir sûreté pour tous ses fonds en temps de paix et de guerre (1).

(1) *Histoire politique, religieuse et littéraire du Midi de la France*, par Mary-Lafon, tom. II.

Mais, en même temps que le marché de Montpellier était européen, les sciences et les lettres donnaient à cette cité un plus grand éclat. Dès le xiiime siècle, son université, enrichie de précieux priviléges par les souverains pontifes, jouissait d'une renommée universelle, principalement pour son école de médecine. La théologie et la philosophie avaient constamment dans ce foyer de lumières des interprètes de premier ordre. On vit arriver un jour, dans les premières années du xivme siècle, le génie le plus célèbre de l'époque, qui, poussé par son désir d'acquérir la science et de la répandre, avait entrepris d'immenses pérégrinations dans le but de ramener à la foi les savants de Tunis et de Cordoue, et avec eux tous les Sarrazins. Après avoir enseigné publiquement à Naples, à Rome, à Gènes, à Paris, à Lyon, à Tunis même, Raymond Lull choisit enfin Montpellier pour expliquer dans ce centre de lumières son *ars magna et generalis*. Il avait inventé une méthode pour coordonner, affermir et faciliter les diverses opérations de l'intelligence, et fournir à chaque homme les moyens de penser et de discourir sur tous les sujets donnés. Nous n'avons pas à discuter la valeur de cette méthode qui fit quelque bruit dans les écoles du moyen âge; nous la signalons seulement en témoignage de l'estime où était l'école de Montpellier, puisqu'elle y venait chercher une publicité plus grande.

Les rois de Mayorque, alors souverains de Montpellier, résidaient très-souvent dans cette ville, et donnaient ainsi un nouveau levier à l'essor de la civilisation et du bien-être. En 1305, on vit dans ses murs une des plus pompeuses cérémonies qu'on puisse imaginer : Jacques, roi de Mayorque, feudataire du saint-siége pour les royaumes de Corse et de Sardaigne, rendit hommage de vassalité à Clément V, nouvellement élu sur la chaire de Saint Pierre.

Telle était la ville de Montpellier, lorsque sa plus grande illustration naquit dans ses murs. Au milieu de toutes les incertitudes qui entourent le berceau de S. Roch, une vérité incontestable resté acquise à l'histoire, à savoir qu'il naquit à Montpellier. Etait-il un rejeton de la race royale de Mayorque ou le fils d'un patricien de Montpellier, ou bien encore avait-il pour père un obscur artisan de cette cité commerçante? Toutes ces origines ont été controversées par les différents légendaires du serviteur de Dieu, sans que la certitude en soit sortie. Pour nous, qui attachons une minime importance à la gloire toujours relative du berceau d'un bienfaiteur de l'humanité, nous laisserons celui de S. Roch dans ses ténèbres.

Roch était-ce le nom de baptême ou le nom patronimique du libérateur des pestiférés? Des discussions se sont également élevées sur ce point. Après avoir fait une étude assez approfondie sur les noms et prénoms du moyen âge, nous n'hésitons pas à affirmer que Roch était le nom de sa famille, nom désormais revêtu d'une illustration à nulle autre inférieure parmi les noms célèbres. On a également donné des raisons pour et contre son affiliation au tiers-ordre de Saint-François d'Assise. Nous inclinons fortement pour l'affirmative, par la raison que dans le XIVme siècle les pieux laïcs s'inscrivaient en foule dans cette précieuse association qui laissait aux confrères toute leur liberté d'action dans le monde, et ne les assujétissait à aucun costume régulier, sauf le cordon de Saint-François.

Une non moins grande incertitude règne sur la date précise de sa naissance. On donne celle de 1280, de 1284, de 1295, de 1328. Après un contrôle sérieux de l'ensemble des faits qui composent l'histoire de S. Roch, après surtout avoir considéré que l'humanité éperdue ne se jeta sous la protection du Saint qu'après la peste noire, durant laquelle il donna évidemment des preuves de son héroïsme et réveilla l'idée de sa puissance spéciale, nous nous sommes arrêté à la date de 1328, qui jette un jour nouveau sur l'ensemble des actions de S. Roch et sur les progrès de la confiance populaire.

Roch naquit donc à Montpellier en 1328, tandis que Jean XXII gouvernait l'Eglise de Dieu et que la cour romaine se trouvait à Avignon. La vie d'un homme dépend presque toujours des premières impressions de l'enfance. Il faut examiner l'enfant dans les bras de sa mère, contempler les premiers exemples qui frappent les regards, écouter les premières paroles qui réveillent chez lui les puissances endormies de la pensée, pour avoir la raison des tendances morales qui le gouverneront. Les S. Louis ont toujours eu des Blanche de Castille pour mère. Si bien souvent la fougue des passions fait dévier de la route droite, la voix de Monique est toujours toute puissante lorsqu'elle redit aux Augustin les douces paroles qu'elle leur adressait au premier âge pour leur apprendre à connaître, à aimer, à servir Dieu. On peut dire que la prédestination de l'enfant, c'est la maison où il est né. Son âme se compose surtout des impressions dont il se souvient. *Elevez l'enfant dans l'habitude du bien*, nous dit le Saint-Esprit, *il y restera attaché jusque dans l'âge le plus avancé* (1). L'éminente sainteté de Roch nous laisse donc le droit de conclure que Libéria, sa mère, lui inculqua dès l'enfance tous

(1) Prov. XXII, 6.

les principes de la vie chrétienne et surtout l'amour du prochain.

Un certain merveilleux se répandit promptement sur l'enfance de Roch. On ne parlait que de l'empreinte miraculeuse du signe de la rédemption gravée sur sa poitrine ; on assurait que le nourrisson refusait le sein maternel aux jours de pénitence des mercredis et samedis; d'autres bruits, non moins significatifs, circulaient de bouche en bouche sur cet enfant de bénédiction. Tout cela prouve tout au moins l'éminente piété qui régnait dans la maison paternelle de Roch, qu'elle que puisse être l'authenticité de ces présages. Roch passa donc, sous l'influence des leçons et des exemples paternels, les jours de son enfance dans l'exercice de toutes les vertus chrétiennes. Placé dans de tels milieux, il devait, *semblable à l'arbre planté près du courant des eaux, qui donne des fruits en son temps, et dont les feuilles ne tombent point* (1), il devait devenir un héros chrétien.

(1) Psal. I, 3.

CHAPITRE II.

Les pèlerins au moyen âge. — S. Roch part pour Rome. — Ses premiers travaux dans un hôpital de pestiférés. — Son séjour à Rome.

Il en est bien souvent de ces élus du Seigneur qui ont été les plus grands bienfaiteurs de l'humanité, comme de ces puits abondants qu'on trouve dans le désert. Tout le monde s'y désaltère, et nul ne connaît ni son auteur ni les circonstances de sa construction. Tel fut S. Roch ; son souvenir est resté impérissable dans le cœur des peuples par les nombreux bienfaits qu'ils ont reçu de lui, et cependant nul ne sait au juste les détails précis de sa bienheureuse vie. Nous devons donc rapprocher les faits isolés qui restent certains, de l'esprit et des besoins du siècle où naquit Roch, afin d'avoir un guide assuré, et éviter les lieux communs et les redites.

Dans le siècle de foi qui vit naître S. Roch, les hommes ne se contentaient pas de croire en Dieu; mais ils voulaient reconnaître ce Dieu partout, le voir toujours présent à côté d'eux, se manifestant dans tous les événements humains, tantôt pour sa glorification, tantôt pour ramener le pécheur à résipiscence, tantôt enfin pour soutenir les élus dans leurs épreuves. Alors les malheurs qui frappaient les hommes étaient considérés comme de justes châtiments des péchés commis, ou comme de salutaires avertissements donnés par la bonté divine à la tièdeur des chrétiens. Dans ces siècles de foi vive, la vocation de chaque homme sortait bien souvent des faits actuels où l'on voyait toujours l'intervention divine. A ces idées qui forment les héros chrétiens, se joignait la tendance générale pour les pieux pèlerinages aux lieux consacrés, soit par les mystères de la rédemption, soit par les sanctuaires où l'on vénérait les reliques des apôtres. Là, on sentait sa foi se raffermir; l'esprit recevait de nouvelles illuminations, et le cœur prenait une plus vive ardeur pour l'exercice des vertus chrétiennes. Tant étaient efficaces les impressions qu'on recevait dans les lieux sanctifiés par le Sauveur ou auprès du tombeau des martyrs! Jérusalem, Rome, Saint-Jacques de Compostelle furent, dans le moyen âge, les grands centres qui attirèrent les innombrables générations qui cherchaient toujours la patrie céleste dans ce monde périssable.

La terrible année 1348 venait de paraître. Roch avait vingt ans. La mort de ses parents le rendait maître de sa fortune et de ses actions. Il nourrissait depuis longtemps le projet de se transporter dans un de ces sanctuaires célèbres d'où l'on rapportait tant de grâces et tant de merveilles. Tandis qu'il hésitait sur le choix du lieu, des bruits lugubres circulaient de toutes parts, apportés d'Italie par des marchands qui avaient abordé Aigues-Mortes. *La peste ! La peste est en Italie ! La peste est à Rome !* Des récits alarmants glaçaient d'épouvante les plus intrépides. On citait des villes entières rendues désertes par le fléau que le peuple dans sa terreur, appela la *peste noire*. On assurait, — que n'assurait-on pas dans la commune consternation ? — que nons-eulement le contact des pestiférés donnait la mort, mais même leur vue, leur son de voix. Dès ce moment, S. Roch, élu de Dieu, comme un mur d'airain devant le fléau, sentit ses hésitations disparaître, et il choisit la ville de Rome pour but de son pèlerinage.

Le tombeau des deux saints Apôtres qui sont les colonnes de l'Eglise, avait attiré depuis les premiers siècles du christianisme des multitudes innombrables de toutes les nations. Ils y allaient chantant des hymnes à la louange de Dieu et des saints. Lorsque du sommet des Apennins ils voyaient s'étendre devant eux la ville éternelle qui depuis deux mille ans était comme le cœur de l'humanité, alors les chants extatiques s'échappaient de leurs poitrines, tandis que leurs yeux mouillés de larmes fixaient l'enceinte de Rome (1). Nous avons trouvé dans le cours de nos lectures un de ces hymnes pieux que nous nous faisons un bonheur de consigner ici, comme un bouquet parfumé venu du moyen âge. Son charme disparaîtra sous notre traduction :

» O noble cité de Rome, très-excellente capitale de l'univers et de toutes les villes, rouge du sang pourpré des martyrs, embellie du lys sans tache des vierges, nous te saluons avant tout! nous te bénissons! gloire à toi pendant les siècles !

» O Pierre, puissant porte-clefs des cieux, écoutez toujours les vœux de vos enfants; lorsque vous serez assis comme juge des douze

(1) Nous avons entendu exécuter à Paris, en 1833, quelques *oratorios* des pèlerins du moyen âge découverts dans les poussières des bibliothèques. On ne saurait imaginer rien de plus suave, de plus angélique que ces mélodieuses cantilènes.

tribus, soyez miséricordieux, soyez juge indulgent, souvenez-vous alors des prières que nous vous adressons aujourd'hui.

» O Paul, vous dont la sagesse a vaincu les philosophes, exaucez nos soupirs; devenu économe dans la maison du Père de famille, servez-nous les mets préparés par la bonté divine; et surtout par vos célestes enseignements remplissez-nous de cette sagesse qui surabondait en vous! » (1)

S. Roch partit donc pour Rome, autant pour satisfaire à son ardente piété, que pour se consacrer au soulagement des pestiférés. Plein de confiance en Dieu, *il n'avait*, dit le bréviaire de Maguelonne, *que son habit court, son chapeau, sa besace et son bourdon de pèlerin.* Tout nous fait présumer qu'aucun navire n'osant affronter le foyer de la contagion, il fit le voyage à pied. En traversant Avignon, il ne manqua pas de

(1) Recueilli par Hurter dans son *Tableau des institutions et des mœurs de l'Eglise au moyen âge*, tom. III.

recevoir la bénédiction du vicaire de Jésus-Christ, le souverain Pontife Clément VI, qui, pendant les terribles ravages de la peste noire, devait être le bienfaiteur de cette ville, par la construction d'une maladrerie destinée aux pestiférés, appelée d'abord *Notre-Dame de champ fleuri*, nom qu'elle changea, un peu plus d'un siècle après, pour celui de *Saint-Roch* qui lui est resté jusqu'à ce jour, quoique la destination en soit changée.

Roch traversa la Provence, la Ligurie, la Toscane. Ces beaux pays étaient en proie à la plus vive terreur. Déjà même la contagion avait envahi les riches et populeuses cités de la Toscane. Roch, après avoir parcouru les Maremmes de Sienne, atteignit un pittoresque mamelon des Apennins, sur lequel s'étageait Acquapendente, première cité des états de l'Eglise, que l'on rencontrait sur cette route. Ni la salubrité du lieu, ni son élévation, ni son isolement n'avaient pu le soustraire aux funestes miasmes de la peste. Le mal y exerçait les plus affreux ravages. En face du fléau, la vocation de S. Roch prit une nouvelle énergie,

La charité et le dévouement qui animaient son cœur grandirent encore au milieu du danger. L'aspect de la ville était triste à voir ; les maisons étaient désertes, les rues barricadées. Roch rencontrait les habitants dans les champs, sur les chemins, les uns se purifiant avec de la menthe ou de la rue, les autres avec du vinaigre. Nul, en voyant passer ce pèlerin inconnu, n'aurait pensé qu'il serait bientôt le sauveur de la ville. Roch, à la vue de cette population éplorée, demanda à Dieu les grâces nécessaires pour réaliser son projet. Il se dirigea aussitôt vers l'hôpital; il était tellement encombré de morts et de mourants qu'on ne savait plus où les mettre. Depuis que les zélés religieux qui s'étaient consacrés au service des pestiférés avaient succombé, personne n'osait plus approcher de ce lieu de désolation. Aussi, le désordre était à son comble.

En cet état de choses, Roch, brûlant de l'amour de Dieu et du prochain, se présenta aux administrateurs de l'hôpital pour demander à servir les pestiférés. Quelque suspects que fussent alors les étrangers à cause des bruits d'empoisonnement qui circulaient partout, Roch gagna sur le champ la confiance des administrateurs et des malades. Il y avait tant de sérénité sur sa figure ; l'habitude des plus hautes vertus et des pensées les plus élevées avait donné un tel charme à sa physionomie, que chacun reconnut en lui l'envoyé du Seigneur. Le saint voyageur fut donc installé dans l'hôpital avec tous les pouvoirs nécessaires pour diriger le service. Il ne bornait pas sa charité à exhorter, à prier avec les malades ; il leur rendait les soins les plus repoussants. Dès les premiers jours l'espérance naquit dans le cœur des mourants ; on parlait vaguement de quelques guérisons inattendues opérées par le signe de la croix que Roch faisait sur les pestiférés. Tous demandèrent le remède au serviteur de Dieu. Peu de jours après la peste avait disparu d'Acquapendente. Ce fut donc là que prit naissance la renommée de S. Roch et de sa puissance sur la peste. Son nom vola de bouche en bouche, et l'on sut promptement dans toute l'Italie qu'un pèlerin merveilleux, venu du pays de France, guérissait les pestiférés par la seule imposition de ses mains. La ville d'Acquapendente reconnaissante préparait un triomphe éclatant à l'humble serviteur de Dieu. Mais au milieu des préparatifs, on découvrit tout à coup que Roch n'était plus dans la cité. Où était-il allé? nul ne le savait.

Le fléau sévissait avec une égale fureur dans les belles plaines de la Romagne. Plus que toutes les autres, la ville de Césène, sur la mer Adriatique, était décimée par la peste. On apprit un jour qu'un pèlerin, venu d'outre-mont, se consacrait avec un zèle ardent au soulagement de tous ceux qui étaient atteints. L'espérance renaquit dans ces cœurs flétris par le désespoir. L'inconnu raffermissait le courage de ceux que la crainte de la contagion glaçait de terreur. Il s'établit dans l'hôpital de Césène pour prodiguer aux pestiférés tous les soins corporels et spirituels. Les moribonds rendaient avec résignation leur dernier soupir entre ses bras ; les convalescents sentaient revivre la vigueur en sa présence. Bientôt certaines guérisons extraordinaires attirèrent sur lui tous les regards défaillants des pestiférés. Le bruit circula qu'il portait gravé sur sa poitrine l'auguste signe de la rédemption qui le rendait inaccessible au mal, et que tous ceux sur lequels il faisait le signe de la croix échappaient aux étreintes de la peste. Ces nouvelles suffirent seules pour relever le moral de la ville entière, et la joie devint universelle lorsqu'on apprit que le généreux bienfaiteur de Césène n'était autre que Roch, le libérateur d'Acquapendente, dont le nom retentissait dans toute l'Italie. Au milieu des plus vives démonstrations de l'allégresse publique, le serviteur de Dieu disparut subitement, et il alla répandre les mêmes bienfaits dans la ville de Rimini.

Roch, voulant cependant accomplir son pèlerinage au tombeau des saints Apôtres, se dirigea vers Rome où il pourrait également satisfaire son zèle pour les pestiférés. Ah! que Rome était bien différente alors de cette splendide capitale du monde chrétien que Benoit XI laissa en 1304, pour aller mourir à Pérouse quelques mois après son arrivée. La papauté était la sève de Rome; elle emporta la vie avec elle, lorsqu'elle passa les Alpes en 1305. Pendant tout le XIVme siècle, Rome, stérilisée par l'absence du suprême pontificat, ne fit plus que décroître et se développer en ruines. Ses collines historiques se découronnèrent de leurs édifices. L'herbe poussa dans toutes les rues. Le seul bruit que l'on entendait dans ce vaste désert, c'était la clochette des troupeaux qui paissaient paisiblement dans ses vastes quartiers jadis si populeux. Depuis la belle église de Saint-Silvestre *in capite* jusqu'à Sainte-Marie *du peuple*, l'on n'apercevait plus qu'un vaste étang où les bergers chassaient le canard sauvage. La plupart des vénérables basiliques des martyrs tombaient en ruines. Une population clairsemée, atteinte par la peste régnante, apparaissait comme des spectres errants au milieu de cet immense tombeau.

Quels sentiments de profonde piété Roch ne sentit-il pas naître dans son cœur, lorsqu'il se trouva dans le sanctuaire auguste du Prince des Apôtres, là où la foi des chancelants se rallume, où la vertu des justes se fortifie encore. S. Jean-Chrysostôme regrettait que les soins de son ministère et ses forces physiques ne lui permissent pas d'aller au moins contempler les chaînes de Pierre et la prison où Paul a gémi ; S. Paulin de Nole était attiré vers ce sanctuaire par un si puissant attrait qu'il le visita plusieurs fois dans sa vie. Et dans le cours des siècles suivants combien de pieux évêques, des princes religieux, de fervents laïcs accoururent des points les plus éloignés de l'Europe vers ce giron de la foi catholique! ce fut donc là que Roch s'abandonna à tous les élans de sa ferveur.

Il parcourut successivement les sept célèbres basiliques qui résument en elles toute l'histoire de l'Eglise des premiers âges. Il commença d'abord par le tombeau de Saint Pierre au Vatican, et en voyant les cent lampes qui brûlaient nuit et jour sur ce sépulcre glorieux, il comprit la sainteté de ce lieu arrosé par le sang de celui que Notre-Seigneur désigna pour être la pierre fondamentale de l'Eglise. La magnifique basilique de Saint-Paul, sur les bords du Tibre, élevée par Constantin, redoubla sa dévotion pour l'Apôtre des gentils que rien, pas même la mort qu'il endura sur ce lieu, ne put séparer de l'amour de Jésus-Christ. Il vénéra, à Saint Sébastien, avec les reliques de cet illustre martyr, les souterrains où l'innocence persécutée se retirait pour célébrer les divins mystères. Mais avec quel amour le pieux pèlerin ne visita-t-il pas, à Sainte Marie-Majeure, la crèche sacrée qui servit de berceau au Sauveur des hommes! A Saint-Laurent *hors des murs*, un des plus beaux monuments que nous a légués le christianisme sorti de la persécution, Roch contempla, avec un vif désir du martyre, le gril où fut rôti, pour l'amour de Jésus-Christ et des pauvres, le diacre du pape S. Sixte.

Après avoir parcouru tous les vénérables sanctuaires de Rome, afin d'accomplir ses obligations de pèlerin, Roch reprit avec une nouvelle ardeur sa mission providentielle. Il alla, sans hésiter, s'enfermer dans l'hôpital du Saint-Esprit *in sassia*, la plus vaste et la plus riche de toutes les maladreries du monde, élevée par la sollicitude de la papauté pour soigner toutes les infirmités humaines. La peste y sévissait avec une intensité prodigieuse; mais Roch se multiplia avec la grandeur des besoins et il se fit tout à tous. Rome n'apprit pas sans les plus vifs transports de joie que le célèbre pèlerin, auquel la renommée accordait un pouvoir surnaturel sur la peste, était dans ses murs. On s'estimait heureux de le toucher, de l'approcher, de lui parler. Roch ne tarda pas d'échapper à la reconnaissance populaire. Cependant le temps des épreuves était arrivé pour lui.

CHAPITRE III.

La Lombardie au XIVme siècle. — La peste à Plaisance. — S. Roch et son chien.

TANDIS que Roch répandait en Italie les bienfaits de son ardente charité, la Lombardie était gouvernée par la dynastie des Visconti qui, pendant tout le XIVme siècle, sembla jeter un défi à la patience de Dieu par ses crimes inouis. Matthieu, Galéas, Jean, Barnabé Visconti favorisèrent constamment les hérétiques, furent les chauds amis de tous les ennemis de la papauté, foulèrent aux pieds toutes les lois divines et ecclésiastiques, se montrèrent audacieusement incrédules, nièrent la résurrection des morts, invoquèrent le démon pour pouvoir assouvir leurs indomptables passions, et se montrèrent constamment les types les plus complets de tous les Mézences du moyen âge, *contemptor divûm hominumque*. Non loin de leur puissance, à Vérone et à Vicence, régnaient les rudes et sauvages seigneurs de la Scala qui, pour mieux montrer leur dédain pour toutes les convenances, prenaient par prédilection les noms cyniques de *Mâtin,* de *Chien,* de *Chien grand* de la Scala, MASTINO, CANE, CANE GRANDE.

Les populations gouvernées par les Visconti et les Scaligeri étaient en proie à la démoralisation dont la source venait du trône. L'état des choses était tel dans la haute Italie, qu'on aurait dit que la peste noire était envoyée tout à dessein par la justice divine pour châtier tant de prévarications séculaires.

Le libérateur de l'Italie centrale arriva un jour, sous le costume d'un simple pèlerin, dans une de ces riches cités Lombardes, que le fléau de Dieu châtiait avec une prodigieuse intensité. Plaisance était dans la consternation, quand le serviteur de Dieu, dont le nom était connu, mais la personne ignorée, entra dans ses murs.

« Heureusement pour notre patrie, dit l'historien de l'Eglise de Plaisance, eut lieu l'arrivée du glorieux S. Roch, gentilhomme français de Montpellier, lequel, après avoir accompli plusieurs pèlerinages, avoir visité Rome, guéri dans toute l'Italie un grand nombre de pestiférés, vint sauver de la contagion notre ville et son territoire. Avant de pénétrer dans Plaisance, il entra dans la très-antique église de Sainte-Marie de Bethléem pour prier. Tandis que, prosterné à genoux devant une image de Marie tenant l'enfant Jésus dans ses bras, il adressait à Notre Seigneur et à sa Sainte Mère de très-ferventes oraisons pour la ville affligée, le saint homme entendit une douce voix qui, partant de l'image, lui dit : *Rocco, servo di Dio, sarà esaudita la tua orazione!* Roch, serviteur de Dieu, ta prière sera exaucée. » (1)

Le siége épiscopal de Plaisance était alors occupé par Roger Caccia. Né à Plaisance, d'une illustre famille, il avait parcouru avec une rare distinction tous les degrès de la hiérarchie ecclésiastique, lorsqu'en 1338, il fut élu par le chapitre pour occuper le siége épiscopal de sa patrie. Benoit XII, si rigide dans le choix des évêques, s'empressa de confirmer cette élection et en fit délivrer les bulles à Avignon, le 7 des ides de décembre. Les éminentes qualités de l'évêque de Plaisance prirent encore un nouveau développement lorsque son troupeau fut visité par le fléau de Dieu. Son active sollicitude fit face à tous les besoins. Lorsque, frappé dans ses affections les plus chères, il eut perdu Rogerino Caccia, son neveu et son archidiacre, que le fléau emporta dans quelques heures, il redoubla de charité pour son troupeau

(1) *Istoria eccles. di Piacensa* di Pietro-Maria Campi, canonico, tom. III, pag. 59.

et donna une partie de son patrimoine pour le soulagement des pestiférés.

Roch demanda à ce prélat l'autorisation de se consacrer, dans l'hôpital de Sainte-Marie de Bethléem, au service des pestiférés. L'exercice des vertus donne une nouvelle énergie pour le bien, et l'homme, maître de toutes ses passions, est toujours maître des autres et des événements. L'habitude de la charité héroïque faisait de Roch un homme à part. La peste, qui glaçait les autres d'épouvante, n'était pas capable de décourager ce zélé serviteur de Dieu. Comme ceux dont le regard dompte les bêtes féroces, Roch semblait maîtriser à son gré le redoutable fléau. Mais qui sait si quelque pensée d'orgueil ne serait pas venue flétrir devant Dieu tous les mérites de cette grande âme? Dieu dont la providence est admirable, courba le corps par la souffrance, afin de donner à cette âme d'élite un préservatif contre la peste bien plus funeste du péché.

La contagion était si générale par toute la ville,

et l'hôpital si rempli, que S. Roch, tout en se multipliant, ne pouvait suffire à la tâche. Le jour comme la nuit il volait d'un lit à un autre. Cependant l'air empesté, qui jusqu'alors l'avait trouvé invulnérable, se glissa dans ses poumons avec une affinité qu'il n'avait point encore eue. Le virus pestilentiel se développa, et celui qui avait guéri tant de malades, fut subitement atteint du fléau mortel. La prostration et l'abattement s'emparèrent de lui ; des défaillances nombreuses, puis une fièvre ardente, puis enfin l'apparition du sinistre bubon sur la cuisse, lui apprirent que lui aussi était frappé de la peste. Les chairs se pourrirent jusqu'à l'os ; les fibres du périoste se déchirèrent ; des souffrances intolérables furent son partage, et le délire succéda à ces tourments. Des cris déchirants, provoqués par les douleurs lancinantes de la cuisse malade, partirent de cette poitrine qui n'avait proféré jusqu'alors que des paroles consolantes pour les autres. En cet état, Roch, sentant lui-même qu'il serait incommode pour les autres malades, supplia qu'on le mît hors de l'hôpital. On accéda à sa demande. Celui qui avait été le soutien et le consolateur des autres n'eut pour tout gîte que le seuil d'une porte extérieure de l'hôpital. L'odeur qui s'exhalait de sa plaie devint tellement insupportable qu'il craignit d'infecter tout le quartier. Roch, presque agonisant, se traîna, à l'aide de son bâton, jusqu'aux abords d'une forêt voisine où il s'étendit sur le feuillage. Là, ce martyr de la charité, n'ayant pour toute compagnie que les anges de Dieu qui le contemplaient avec amour, endura dans cet isolement toutes les péripéties de son terrible mal.

Ici se présente un incident de la vie de S. Roch qui a acquis l'immortalité d'un proverbe populaire appliqué au noble sentiment de l'amitié. Qui de nous, lorsqu'on voit deux personnes liées par le dévouement et la sympathie, réunies par de fréquentes relations ou par de mutuels services, n'a entendu le peuple dire : — *Voilà S. Roch et son chien ?* L'historien ne peut donc négliger de donner l'explication de ce touchant symbole, que l'iconographie chrétienne elle-même a consacré, puisqu'on voit partout S. Roch représenté sous le costume d'un pèlerin, accompagné d'un chien fidèle qui le regarde avec affection.

A l'exemple des Visconti qui nourissaient splendidement une royale meute de deux mille chiens des races les plus rares, chaque seigneur lombard en avait une proportionnée à ses richesses. Gothard Palastrelli, patricien de Plaisance, voulant fuir la contagion qui sévissait dans la ville, se retira avec tout son attirail de chasse dans un de ses châteaux situé non loin de la forêt qui servait de refuge à Roch en proie aux plus atroces douleurs du corps et à l'abandon le plus entier. Gothard Palastrelli s'aperçut que le plus beau de ses levriers blancs s'élançait chaque jour, en courant, dans la forêt qui ceignait le château, avec un pain dans la gueule. On le suivit à la piste. On trouva l'intelligent et fidèle animal couché près d'un homme qui ressemblait à un squelette, et lui léchant affectueusement sa dégoûtante plaie, tandis que le malade tenait le pain dans ses mains décharnées. C'était Roch, en proie lui-même à la peste. Dieu avait-il renouvelé en faveur de son serviteur le miracle de Saint Paul et de Saint Antoine dans le désert, ou bien le sympathique lévrier, dans une de ses chasses dans la forêt, ayant aperçu le pauvre abandonné, se serait-il instinctivement attaché à lui et aurait-il tout simplement accompli un acte de ces dévouements intelligents dont sont capables ces animaux ? Nous ne savons. Il y a peut-être de l'un et de l'autre, car Dieu pouvait en cette circonstance se servir de l'instinct de ce lévrier, l'agrandir encore pour secourir le héros de la charité dénué de tout.

Ce touchant tableau fit une vive impression sur Gothard. Mais sa surprise se changea en admiration, quand il reconnut celui dont toute l'Italie bénissait le nom. Il voulut le faire transporter aussitôt dans son château. Mais Roch s'y opposa, demandant pour toute grâce qu'on lui élevât une hutte avec des branches d'arbre, assurant que bientôt il aurait recouvré la santé.

Sa prédiction se vérifia. Il employa sa guérison à délivrer l'opulent Gothard Palastrelli de la peste du monde et des mauvaises habitudes. Il l'exerça pendant longtemps à la pratique des plus solides vertus évangéliques. Gothard profita si bien des leçons et des exemples de l'homme de Dieu, qu'il passa le reste de sa vie dans la perfection chrétienne. Sa sainteté devint si éclatante que son nom se trouve inscrit dans le martyrologe au 25 février. De son côté, un des géants des Alpes, le mont Saint-Gothard, portera sur son front de granit, à travers les orages et les siècles, le nom du disciple de S. Roch. « Gothard Palastrelli, dit l'historien précité, alla mourir, consumé par l'exercice de toutes les vertus, dans un lieu solitaire et dans un pays lointain. »

CHAPITRE IV.

Les hôpitaux au XIVme siècle. — Les malandrins. — S. Roch est pris pour un brigand. — Sa bienheureuse mort.

La peste noire avait disparu. S. Roch, toujours humble, toujours fuyant les ovations populaires et vêtu du modeste habit de pèlerin, passa encore quelques années en Italie à visiter les sanctuaires les plus vénérés et à servir les malades dans les hôpitaux.

Dans les âges de foi et dans les pays catholiques, les hôpitaux et les maladreries, ces grands refuges de toutes les infirmités humaines, ont toujours mérité la prédilection et les ingénieuses libéralités de la piété des fidèles et du zèle du clergé. Nous avons tout lieu de croire que S. Roch contribua puissamment à introduire une plus grande extension du bien-être dans ces tristes asiles des souffrances. Des documents nombreux, que nous avons consultés pour connaître la marche et le développement de ces pieuses fondations, nous ont montré avec évidence que les hôpitaux reçurent de grandes améliorations dans la dernière moitié du XIVme siècle, c'est-à-dire précisément à l'époque où S. Roch exerçait parmi les pestiférés et dans les maladreries son sublime dévouement. Ainsi, nous trouvons qu'une Indulgence de quarante jours est accordée à tous les bienfaiteurs de l'hôpital de Pleurs en Champagne; cent livres tournois de rente annuelle donnés à l'Hôtel-Dieu de Falaise sur les amendes de Normandie; la dîme des forfaitures accordée, en 1395, à la maladrerie d'Orbec; vers la même époque, une grande aumône royale de mille pains de *touselle* fut faite à l'hôpital de Montpellier, patrie du héros de la charité. Les nombreux frères et sœurs qui se consacraient au service des malades dans l'hôpital de Saint-Jean en l'Estrée d'Arras, se voyant un jour débordés par la multitude prodigieuse de pestiférés, prirent pour les aider trois servantes et trois varlets auxquels on donna un salaire. On fit une fondation spéciale pour l'entretien *d'un capelain avec son clerc pour canter à la sale des malades*, et de plus pour accorder à ceux-ci quelques jours de bonnes chère et de réjouissance. Les frères et sœurs, qui traitaient leurs malades avec tant de sollicitude, avaient voulu que les saints eux-mêmes prissent part à cette touchante joie, car il avait été établi qu'en ces jours on donnerait des *capiaux* (chapeaux) *neufs aux apostoiles*. A partir de la fin du XIVme siècle, les dons faits aux hôpitaux devinrent si nombreux, que les régisseurs achetaient des possessions territoriales. En rapprochant l'époque de cette impulsion donnée aux améliorations des hospices, nous ne saurions méconnaître l'action providentielle de S. Roch.

En 1356, tandis que l'admirable serviteur de Dieu multipliait sous ses pas tous les genres de bienfaits, il apprit que sa patrie était ravagée par deux fléaux. La peste reparut de nouveau dans le Languedoc et la Provence. Elle fut même si violente, qu'en peu de jours elle emporta à Avignon neuf cardinaux et un grand nombre d'autres prélats. Montpellier fut éprouvé d'une manière si terrible que la cité devint presque déserte. Un second fléau, non moins redoutable que le premier, portait la désolation dans le midi de la France. Une des grandes compagnies, celle des *malandrins*, était campée au Saint-Esprit et étendait au loin ses meurtres et ses pillages. Ces redoutables agglomérations d'hommes sans patrie, sans Dieu, sans mœurs, qui furent la terreur de la France au XIVme siècle, commirent des cruautés inouies. Leur passe-temps ordinaire était les contributions et exactions sur les villes, l'incendie des moissons, la destruction des vignes et des arbres, le vol des troupeaux et des bêtes de labour, la séquestration d'inoffensifs paysans qu'ils égorgeaient en masse, des tourments inouis exercés sur les prisonniers riches pour les contraindre à donner de fortes rançons, le massacre des enfants au berceau, la profanation des vierges consacrées à Dieu, des violences atroces sur les femmes mariées qu'ils contraignaient à leur rendre les plus dégoûtants services, même à porter leurs armes pendant la marche, un mépris constant de de toutes les lois divines et humaines. Nous trouvons tous ces détails dans une bulle d'Innocent VI, qui, au nom de la justice divine, poussa le cri d'alarme pour prêcher une croisade contre ces scélérats.

Ce fut au milieu de telles conjonctures que Roch, vêtu en pèlerin, la figure pâle et décharnée, arriva aux portes de sa patrie. Fidèle à sa résolution de taire son nom et les circonstances merveilleuses de sa vie, il s'assit sur une borne voisine de la maison paternelle. Quelques passants le regardèrent d'abord avec indifférence ; d'autres mirent une certaine curiosité dans l'examen de son costume et de sa physionomie mortifiée. Cette inspection dut déplaire à quelques-unes de ces natures ou perverses ou légères qui jugent toujours défavorablement l'homme inconnu, l'homme modeste. Le mot d'*espion* circula rapidement dans la foule. Des commentaires à perte de vue suivirent cette appréciation, si bien qu'en peu d'instants le gouverneur apprit qu'un espion des malandrins, à la physionomie sinistre, à l'œil de bête fauve, s'était glissé dans la ville pour introduire les brigands dont évidemment il devait être un des chefs. En peu d'instants, le serviteur de Dieu fut entouré d'une compagnie d'archers qui le conduisit devant le gouverneur pour rendre compte de ses sinistres projets. Roch, se rappelant cette parole de l'Évangile que devant les juges *Jésus se taisait*, garda un profond silence, et résolut de supporter sans se plaindre tous les mauvais traitements auxquels il serait en butte. Il faut voir ici une de ces voies extraordinaires que les saints sont quelquefois appelés à suivre, par une secrète inspiration de Dieu, afin de confondre la sagesse du monde par la folie de la croix. C'est ainsi évidemment qu'il faut envisager la conduite de Roch en cette circonstance, lui qui, par la seule révélation de son nom, aurait vu tomber à ses pieds tous ses compatriotes, fiers de celui que l'Italie tout entière bénissait. Le gouverneur, ne pouvant pas tirer une seule parole de Roch, ordonna que cet homme dangereux fût enfermé dans un des plus impénétrables cachots de la ville, et qu'il fût réduit au pain et à l'eau jusqu'à ce qu'il voulût faire connaître à la justice la noirceur de ses projets. Le dévouement de S. Roch fut cause que la ville redoubla de vigilance pour se mettre à l'abri des attaques des malandrins.

Le siége épiscopal de Maguelonne était alors occupé par Durand. Tout les faits qui se rattachent à lui tendent à prouver que c'était un prélat d'une rare distinction. Audoin Aubert, évêque de Maguelonne, ayant été élevé par son oncle, Innocent VI, à la dignité de cardinal, en 1353, le pape désigna lui-même Durand pour son successeur. Il était si bien connu en cour d'Avignon, où il avait exercé différentes fonctions dans la chancellerie, que le souverain pontife, accompagné de tout le sacré Collége, voulut honorer de sa présence le sacre de ce prélat, qui eut lieu dans la chapelle du palais apostolique. Dès son arrivée dans Maguelonne, il établit de sages règlements pour la conduite de son chapitre et de son clergé. Les évêques de Maguelonne résidaient presque toujours à Montpellier, durant le XIVme siècle. Aussi on ne saurait mettre en doute qu'il n'eût connaissance de l'incarcération de l'homme que la rumeur populaire désignait comme espion et chef des malandrins. Mais, comme les magistrats de la ville, il fut trompé sur le compte de celui qui devait être dans quelques années la gloire immortelle de son diocèse.

Les événements qui se succédèrent furent cause que l'on perdit entièrement Roch de vue. Usé par l'humidité et la puanteur de son cachot, autant que par l'inaction à laquelle il fut forcément condamné après une vie active, le fidèle disciple de Jésus-Christ comprit que son heure dernière était arrivée. Le 15 août 1360, jour où l'Eglise célèbre la glorieuse Assomption de la Mère de

Dieu, Roch eut une claire certitude de la fin de son pèlerinage sur cette terre. Il fit appeler son confesseur, et, après avoir reçu les derniers sacrements avec la foi la plus vive, il lui révéla et son nom et les circonstances de sa vie. Tandis que le ministre de Dieu répandait dans Montpellier la grande nouvelle, Roch rendit sa belle âme à son Créateur, à l'âge de trente-deux ans.

Aussitôt une réaction merveilleuse s'opéra au sein de ce peuple qui, quatre années auparavant, aurait mis en pièces cet inconnu. On parla d'une lumière divine qui avait investi le cachot au moment du trépas du Bienheureux. D'autres assuraient avoir entendu des concerts angéliques. On proclama même que des guérisons avaient été obtenues au seul contact du saint corps. Il y en avait encore qui prétendaient qu'on avait trouvé à côté du cadavre une inscription tracée par la main d'un ange, et qui disait : *Je signifie et donne avis que ceux qui seront frappés de la peste et qui recourront à la protection de S. Roch, échapperont au danger par son inter-*

cession. Chacun, en outre, éprouvait le plus amer regret d'avoir méconnu et maltraité le plus glorieux enfant de Montpellier. On redisait avec enthousiasme toutes les merveilles qu'il avait opérées sur les pestiférés d'Italie, et dont la renommée avait été apportée à Montpellier par les nombreux marchands qui arrivaient de cette contrée. Aussi, ses funérailles furent un jour de fête pour sa ville natale. Le concours fut immense, et dès le premier jour, les habitants se pressaient autour de sa tombe pour invoquer son intercession auprès de Dieu. Son culte prit naissance le jour de son trépas, et en peu d'années il devint universel.

Tels sont les faits de l'histoire de S. Roch, qu'après un sévère examen de tous les documents et traditions, nous avons cru pouvoir adopter comme incontestables. Toute la vie de S. Roch se résume dans ces seuls mots : — L'amour de Dieu et l'amour du prochain poussés jusqu'à l'héroïsme.

CHAPITRE V.

Gloire posthume de S. Roch. — Arles. — Le concile de Constance. — Sleswick. — Un vol amène S. Roch à Venise.

Il est trois cités dans le monde auxquelles un consentement universel à décerné le titre de reines. Eh bien! chacune de ces illustres villes, Paris, la reine de la civilisation, Venise, la reine de l'Adriatique, Rome, la reine du monde, a élevé un temple magnifique en l'honneur de S. Roch. Le premier propagateur du culte de S. Roch fut la peste noire, le second la reconnaissance des peuples, le troisième la voix des Eglises, le quatrième la suprême autorité des vicaires de Jésus-Christ. Aussi, le culte de S. Roch est un des plus universels dans l'Eglise de Dieu. Il y a peu de villes dans le monde chrétien où il ne soit invoqué. Nous allons en constater les développements successifs.

Les fréquentes pestes qui désolèrent les xivme et xvme siècles portèrent dans toutes les nations de l'Europe le nom du grand serviteur de Dieu, qui, pendant les ravages de la peste noire, avait été le salut de l'Italie. Sa patrie fut la première à mettre son entière confiance en lui. Moins de trente ans après sa mort, ses reliques, honorées d'un culte public à Montpellier, avec le consentement des évêques de Maguelonne, étaient devenus le but d'un pèlerinage et l'objet d'une sainte envie.

Les religieux Trinitaires de la ville d'Arles, exposés plus que personne aux atteintes de la peste par leur fréquent contact avec l'Orient où les attirait leur sainte mission de la Rédemption des captifs, employèrent le crédit d'un homme tout puissant, à cette époque, dans le midi de la France, pour obtenir une partie des reliques de S. Roch. Le maréchal de Boucicaut avait été envoyé, en 1398, à Avignon, pour mettre un terme au schisme qui divisait l'Eglise de Dieu depuis la mort de Grégoire XI, arrivée en 1378. Après avoir repoussé les Aragonais qui formaient la garde de leur compatriote, l'antipape Benoit XIII, Boucicaut établit sa domination dans la Provence et le Languedoc. Ce fut donc par l'intervention de ce puissant personnage que les Trinitaires d'Arles, dont Boucicaut aimait l'institut pour les biens immenses qu'il faisait à l'humanité, obtinrent, en 1399, une partie notable des reliques. Cette métropole de la Provence devint ainsi un nouveau centre où le culte de S. Roch acquit de plus vastes proportions, et une sorte de sanction apostolique par le titre que portaient les archevêques d'Arles de *Primat et Légat-né du Saint-Siége*.

Mais un hommage plus éclatant encore était réservé, quelques années après, aux mérites et à l'intercession de S. Roch.

Le xvme siècle venait de commencer. L'Europe était toujours livrée à la désorganisation et à l'anarchie par suite du schisme. Les institutions et les mœurs croulaient de toute part. Enfin les nations s'alarmèrent. L'Eglise, douée de cet instinct de conservation et de cette infailibilité qui lui a été promise, se leva pour sauver la société, la morale et la religion. Elle comprit qu'à un mal presque incurable il fallait un remède violent et souverain. Elle se porta donc à un acte exorbitant, inoui, mais nécessaire pour sauver le christianisme. Organe ici du Fondateur divin de la religion chrétienne, elle déposa les trois prétendants à la papauté. Elle se disposa ensuite à transmettre à l'élu du concile réuni à Constance le souveraineté pontificale dont elle se constitua la gardienne.

Ce fut sans contredit un spectacle sublime que celui qu'offrirent toutes les nations de l'Europe, partagées jusque-là en plusieurs obédiences qui, toutes également contestées, abdiquèrent leurs intérêts de passion et de parti à la voix de l'Eglise qui demandait ce sacrifice pour la paix des consciences et de la réligion désolée, prêtes à reconnaître comme pontife suprême celui que la voix des évêques aurait choisi pour combler le vide immense que la vacance du siége de Rome faisait dans le monde.

Chacune des cinq grandes tribus de la famille européenne nomma six députés de son choix pour les adjoindre aux cardinaux présents à Constance, au nombre de vingt-huit, qui, de différentes obédiences, s'étaient sagement ralliés à l'Eglise. L'Italie, la France, l'Allemagne, l'Espagne et l'Angleterre ayant choisi leurs mandataires, les électeurs, au nombre de cinquante-six, y compris les vingt-huit cardinaux, se réunirent, le 8 novembre 1417, dans le palais épiscopal, et le 11 du même mois, un des plus grands noms de l'Italie, allié à plusieurs princes de l'Europe, sortit triomphant de l'urne électorale au milieu de la joie universelle. C'était Othon Colonna, cardinal-diacre du titre de Saint-Georges *in velabro*. Il prit le nom de Martin V, et renoua la chaînes des véritables successeurs de Saint Pierre.

La ville de Constance est située dans un des plus fertiles cantons de la Souabe, sur les bords du Rhin, à l'extrémité d'une plaine magnifique, où ce fleuve se jette dans un des plus beaux lacs de l'Europe. Le lac est bordé de villages aussi riants que nombreux. Ce site est sans contredit un des plus salubres qui existe. Cependant peu de jours après l'élection de Martin V, quelques cas de peste se manifestèrent dans la ville (1).

Le concile avait attiré à Constance plus de cent mille personnes. Là il y avait des princes de tous les degrés, depuis l'empereur jusqu'au plus petit margrave. Il y avait en outre une multitude innombrable de prélats ; puis les envoyés des souverains, des villes, des Eglises,

(1) Muller, *Histoire de la Suisse*, tom. VII, pag. 158.

des universités, venus d'Italie, de France, d'Allemagne, d'Angleterre, de Suède, de Danemarck, de Pologne, de Hongrie, de Bohême, d'Espagne et même de Constantinople. Le nombre des curieux ne pouvait se calculer; la noblesse de toute l'Europe s'était donné rendez-vous à Constance. Une telle réunion et dans les conditions connues de l'hygiène au moyen âge ne pouvait qu'enfanter le terrible fléau qui paraissait alors presque périodiquement.

Lorsque la contagion fût bien constatée, une voix unanime sortit de cette multitude innombrable. Chacun demanda de mettre la ville et l'assemblée sous la protection de S. Roch. Les Italiens redisaient avec admiration les merveilles que ce serviteur de Dieu avait opérées, soixante-huit ans auparavant, durant les ravages de cette peste qui n'a jamais eu d'égale dans l'histoire. Ceux qui étaient venus du midi de la France racontaient les prodiges opérés par les reliques de S. Roch déposées à Arles et à Montpellier. Une procession générale fût donc ordonnée pour obtenir, par l'intercession de S. Roch, la cessation de la peste. Le fléau disparut comme par enchantement, et, lorsque, quelques mois après, c'est-à-dire le 22 avril 1418, la voix du souverain pontife, Martin V, eut proclamé, dans la quarante-cinquième session, la fin du concile, le nom de S. Roch fut emporté avec reconnaissance dans tous les coins les plus reculés de l'Europe par cette foule venue de toute part. Dès ce jour le culte de S. Roch acquit une véritable universalité par cette diffusion. Des autels et des chapelles s'élevèrent en son honneur dans un grand nombre de villes et jusques dans les maisons particulières.

Peu à peu, les églises les plus illustres commencèrent à le placer dans leur liturgie. Nous croyons devoir nous étendre sur une d'entre elles.

Là haut, dans ces régions brumeuses où le soleil n'accorde ses rayons qu'avec parcimonie, dans la lointaine Scandinavie, dans cette partie du Danemark appelée Jutland, sur les bords glacés de la mer Baltique, s'élève l'antique cité de Sleswick. A l'endroit où le corps de S. Olaf, le martyr, avait été déposé, Magnus le Bon construisit une chapelle en bois, en 1036. A la fin du xime siècle, ce modeste sanctuaire fut remplacé par une église en pierres. Un grand nombre de pèlerins se rassemblaient là chaque année; ils venaient invoquer S. Olaf et laissaient en partant de riches offrandes sur son tombeau. Ces lieux, où l'on n'entendait retentir autrefois que le cri des matelots et le chant de guerre des pirates, répétèrent les hymnes de l'Eglise et les prières du cloître. Cette ville, qui n'avait été jusque-là qu'un nid de pirates, devint le boulevard du christianisme dans ce Nord nouvellement converti à l'Évangile. Dès la fin du xime siècle, Sleswick avait un évêque. En 1183, l'on commença la construction de la magnifique cathédrale qui était une des merveilles du Nord. Toutes les chastes inspirations de l'art au moyen âge furent prodiguées dans cette église construite avec les marbres d'Italie et les granits du Groënland. Là, sur une colonne svelte et déliée, on aperçoit un chapiteau orné de divers fruits du Midi ou de larges feuilles de palmiers, dont un croisé peut-être rapporta le modèle des bords du Jourdain. Il n'y avait pas une bourgade du Nord, si petite qu'elle fût, qui n'eût contribué à l'enrichir. Les pirates eux-mêmes lui avaient payé leur tribut : deux de ces hommes, qui s'en allaient au loin sur leurs navires piller les côtes étrangères, revinrent un jour avec un riche butin qu'ils ne purent partager sans se battre. L'un d'eux, avant de tirer le glaive, invoqua son bon ange et fit vœu d'offrir à la cathédrale de Sleswick une part de ses richesses s'il sortait victorieux du combat. Sa prière fut exaucée et il donna pour l'autel de S. Olaf une croix en argent massif, si lourde qu'il fallait trois hommes pour la porter. La châsse du saint Martyr était composée de trois caisses, l'une en argent doré, les deux autres en bois, revêtues d'ornements en or et parsemées de pierres précieuses. Soixante hommes la portaient en dehors de l'église, et les vieillards, les enfants, les hommes du pays et les pèlerins, l'entouraient avec un saint respect. C'était en touchant cette châsse que le malade espérait sa guérison ; c'était sur cette châsse que les rois étendaient la main, en prêtant leur serment ; c'était au pied de cette châsse qu'ils étaient couronnés ; c'était là qu'on les enterrait. La palme du saint Martyr semblait les protéger contre les redoutables jugements de Celui qui scrute toutes les consciences.

Cette époque de foi et de prospérité catholique dura jusqu'à la révolte de Luther. Quand les trois contrées scandinaves eurent adopté l'hérésie, les nouveaux convertis crurent faire une œuvre pieuse en détruisant tous les vestiges de leurs anciennes croyances. Ceux-ci brisèrent les statues des saints, ceux-là déchirèrent les tableaux, d'autres jetèrent dans un bûcher tous les manuscrits du chapitre qui renfermaient l'histoire de leur pays. La châsse d'argent, les croix, les ciboires, les calices d'or furent fondus. De la belle cathédrale, jadis si vivante, si animée, il ne resta qu'un squelette sans âme.

Or, ce fut cette célèbre église qui, la première

peut-être, adopta un office propre pour S. Roch, dont on célébrait la fête avec une solennité presque égale à celle du patron. Après un examen attentif de la contexture et de la forme de cette composition toute en prose rimée, nous n'hésitons pas à la placer au xvme siècle. C'est évidemment au retour du concile de Constance que l'évêque de Sleswick, en portant dans sa patrie le nom et la puissance de S. Roch, aura fait adopter son culte qui se recommandait surtout à un pays que sa position sur les bords de la mer rendait plus accessible à la peste. Nous croyons devoir donner une idée des pieux élans de ces âmes du Nord envers S. Roch. Tout y est semblable à cette antienne :

Ave, prudens medice pestisque profligator,
In membris epidemiæ sis nobis sublevator,
Et apud regem gloriæ, ô Roche, suffragator.

« O médecin prudent et libérateur de la peste, nous vous saluons ! O Roch, délivrez nos corps de l'épidémie, et intercédez pour nous auprès du Roi de gloire. »

L'invitatoire proclame la bonté divine qui a donné au monde affligé par la peste un moyen assuré de salut.

« Adorons le Seigneur, y est-il dit, qui a fait une grande merveille en donnant au monde un nouveau médecin dans la personne de Roch. »

Les antiennes, les versets, les répons, les leçons résument la vie de S. Roch telle à peu près que nous l'avons racontée.

Une des antiennes mentionne une délivrance de la peste qui aurait été obtenue à Sleswick par l'intercession de S. Roch. « Notre cité, y est-il dit, se presse avec confiance auprès de Roch, depuis le jour où il a dissipé le fléau contagieux qui sévissait contre nous. »

Enfin, en terminant l'office, cette pieuse Eglise cathédrale invite le monde entier à se jeter avec larmes aux pieds de S. Roch pour dompter la peste :

Ergo totus illum mundus petat fundendo lacrymas
Ne furat epidemia.

Depuis trois cents ans, dans ces régions du Nord jadis si ferventes, on n'invoque plus ni S. Olaf ni S. Roch; les voûtes de la cathédrale abandonnée ne retentissent plus de ces chants pieux qui faisaient tressaillir d'enthousiasme les générations éteintes. Eh bien, le peuple y a-t-il gagné en moralité et en religion ? On est forcé d'admettre le contraire, en lisant les récits des voyageurs et les relevés des causes criminelles donnés par les tribunaux des trois royaumes scandinaves.

Du Danemark, le culte de S. Roch s'étendit rapidement dans la haute Allemagne. Le peuple était avide d'entendre les merveilles de la vie d'un saint aussi nouveau et en quelque sorte aussi unique dans son espèce. La langue teutonique plia sa dureté à raconter, dans de pieuses légendes, tout ce qui se rattachait à ce grand serviteur de Dieu, accepté avec tant d'amour par tous les peuples de l'Europe. Ces récits ravivèrent la piété. Le nom de S. Roch et les effets de sa puissante intercession circulant de bouche en bouche, retirèrent les pécheurs de leurs habitudes mauvaises et soutinrent bien des justes dans leurs épreuves. Dans la Souabe, dans la Franconie, dans la Suisse, on dressa des oratoires, des ermitages, des chapelles en l'honneur de S. Roch, des confréries furent érigées dans plusieurs églises.

La catholique Espagne ne resta pas en arrière dans cet élan universel, et dès le xvme siècle elle désignait, sous le nom de *San Roque*, une des plus belles plaines de la belle Andalousie. Son nom était donné aux enfants presque aussi souvent que les beaux noms de Jean, de Pierre, de Jacques. Sa fête était chômée dans la plupart des diocèses, sans aucune prescription épiscopale, mais par la piété spontanée du peuple.

Les reliques de S. Roch furent de très-bonne heure un objet de sainte et universelle convoitise. Dans les siècles de foi, l'admiration que l'on accordait à ceux qui avaient versé leur sang pour Jésus-Christ, à ceux dont les éminentes vertus s'étaient rapprochées du type divin de toute perfection, contribuait à donner non-seulement à leurs actes, mais à tout ce qui leur avait appartenu une plus grande autorité. Dès la primitive Eglise, les saintes reliques furent entourées d'une profonde vénération. La croyance à leur influence salutaire et aux signes miraculeux qu'elles produisaient devint générale. Le culte des saintes reliques acquit une plus vaste extension après la prise de Constantinople par les croisés. De là, comme d'une source féconde, se répandirent dans toutes les églises d'Occident les vénérables objets qui ravivaient la foi des fidèles.

Or, plus était vive la joie que l'on ressentait de les posséder, plus aussi on attachait de prix à s'en procurer. Les églises, les cités, les provinces estimaient plus que toutes les richesses temporelles la valeur de ces pieux trésors. Rien ne coûtait pour les acquérir, et lorsqu'on avait le bonheur d'obtenir quelque relique insigne, on érigeait des temples magnifiques pour y garder le dépôt sacré. Aux jours de calamités, les populations venaient en foule mettre leurs vies, leurs intérêts, leurs familles, sous la protection du Saint, et cette foi, souvent exaucée, adoucissait leurs peines; les rois eux-mêmes entreprenaient des pèlerinages vers des sanctuaires recommandés par des reliques des saints. Cet élan d'admirable piété donna quelquefois lieu à des abus que les papes et les conciles durent réprimer. Quelquefois il arriva que, pour se procurer des reliques convoitées, on employa des moyens dont l'étrangeté et même la déloyauté contrastaient étonnamment avec l'intention qui les inspirait. Ainsi, quand on apprit à Gênes que les Vénitiens étaient partis de Constantinople avec les plus précieuses reliques de la chrétienté, un Génois équipa deux bâtiments de guerre et les leur enleva par la force.

Nous allons dire comment les Vénitiens s'y prirent à leur tour pour se procurer les reliques de S. Roch, enviées par toute l'Europe.

Venise, cette reine de l'Adriatique, avait, dans le moyen âge, des relations commerciales si étendues, que nul ne pouvait connaître au juste le nombre de ses comptoirs situés sur tous les points du globe. Ses marchands-rois (la république portait le titre de reine de Chypre et de Dalmatie) construisaient avec les richesses de l'univers ces palais de jaspe, de lapis-lazzuli, ces églises ruisselantes d'or et de pierres précieuses que le voyageur admire encore aujourd'hui dans la cité déchue. Cependant ni la richesse ni la puissance n'avaient pu diminuer la foi qui a toujours caractérisé la ville de Saint-Marc. Ce peuple, éminemment catholique, avait grande confiance à la salutaire intervention de ceux que l'Eglise a proposés à notre vénération, et leurs reliques recevaient un culte pieux et ardent.

Les relations fréquentes de Venise avec l'Orient, ce berceau de la peste, la mettait dans un danger permanent. Venise donc avait un vif désir de posséder dans ses murs les restes sacrés du vainqueur de la peste, de celui dont le nom si populaire volait de bouche en bouche dans l'Europe du xvme siècle. Ce désir s'était encore accru par le récit légendaire qu'un patricien de Venise,

François Diedo, gouverneur de Brescia pour la république, avait composé en l'honneur de S. Roch. Ce récit, où la critique ne brillait pas, mais où la piété était grande, fut mis en circulation en 1477. L'influence de S. Roch sur la terrible contagion de la peste y était regardée comme tellement sûre et efficace, que l'enthousiasme populaire pour le grand serviteur de Dieu devint immense. Venise n'eut plus de repos qu'elle n'eût en sa possession les reliques de S. Roch, afin de les honorer par un temple magnifique. Il fut donc décidé qu'on ne reculerait devant aucun moyen pour se les procurer.

On ne tarda pas à comprendre les difficultés d'une telle entreprise. La république n'aurait pas hésité à donner toutes ses richesses pour la possession de ce trésor inestimable. Mais comment le retirer des mains qui le gardaient? La voie des négociations n'offrait aucun espoir, car jamais ni Montpellier ni Arles ne consentiraient à faire l'abandon des reliques de S. Roch. Tout au plus avait-on l'espoir d'obtenir quelque parcelle minime de l'objet tant convoité. Cela ne suffisait pas à l'ardente piété de Venise : il lui fallait la totalité des reliques possédées par une des deux villes du midi de la France. Dans un tel embarras, on eut recours au vol, au vol véritable des saintes reliques. Montpellier, patrie du Saint, plus sûr par conséquent de posséder les vrais restes de son glorieux enfant, fut choisi comme théâtre du pieux larcin.

. . . .

C'était en 1485. Montpellier vit un jour arriver dans ses murs, parmi les nombreux pèlerins qui accouraient de partout, douze Vénitiens, chargés de bourdons et de coquilles, à l'air contrit et humilié, au maintien modeste. Ils venaient, disaient-ils, pour célébrer une neuvaine de prières auprès du tombeau de S. Roch. Aussi, nul, parmi les pèlerins venus des régions lointaines, ne les surpassait en touchantes démonstrations de piété. Leur assiduité, leur recueillement auprès de la châsse du confesseur de Jésus-Christ prouvaient leur sincère dévotion. Ils appliquaient sur la châsse leurs lèvres avec respect, puis leur front,

Ensuite, à l'exemple de ce que pratiquent leurs compatriotes soit à la Portioncule, soit à Assise, soit à la *Scala Santa*, à Rome, ils marchaient sur leurs genoux autour de la relique. Ils entouraient ensuite l'autel, et là, tous ensemble, tantôt prosternés, tantôt simplement à genoux, ils récitaient, avec des élans pieux et à voix haute, des chapelets ou d'autres prières. Toute la ville de Montpellier était profondément édifiée d'une piété si vive, d'une assiduité si grande dans ce sanctuaire vénéré. Leur assiduité était telle, qu'aux heures de la journée où l'église était vide, on était sûr de trouver les fervents pèlerins de Venise. On crut généralement que la bénédiction de Dieu était arrivée avec ces hommes de foi.

La neuvaine finie, nos pèlerins s'empressèrent de quitter Montpellier et de se rendre en toute hâte au port d'Aigues-Mortes où un navire vénitien les attendait toutes voiles au vent. Qu'on juge, s'il est possible, de la consternation de Montpellier, lorsqu'on vit que la châsse de S. Roch avait été limée adroitement par les fervents pèlerins de Venise et toutes les reliques enlevées. On mit d'intrépides coureurs à la poursuites des spoliateurs, mais c'était trop tard. Le navire, poussé par un vent favorble, emportait au loin le plus précieux trésor de Montpellier.

Aussitôt que les pieux larrons, chargés de leur butin sacré, furent arrivés sur le territoire de la République, une joie immense éclata partout. Une fête magnifique fut ordonnée pour la réception des reliques de S. Roch. Venise la riche, la noble, la belle, étala sous la splendeur de son ciel d'azur, tous les sompteux tapis de l'Orient qui couvraient les murs intérieurs de ses palais; les fleurs les plus rares jonchaient les rues; la ville entière avait cet air de fête et d'allégresse qui annonçait un grand événement. Le clergé, le sénat en corps, tous les citoyens allèrent recevoir les saintes reliques que l'on déposa dans la basilique de Saint-Marc. Dès le lendemain, on jeta les fondements de cette belle église que la république dédia à S. Roch, et où furent définitivement déposés les restes précieux dont on avait déshérité Montpellier. La fête de S. Roch fut déclarée obligatoire sur tout le territoire de la République, et un grand nombre d'églises sur les côtes de l'Adriatique, dans la Dalmatie, dans l'Istrie et jusques dans l'Archipel, prirent S. Roch pour leur patron.

CHAPITRE VI.

S. Roch à Rome en 1498. — Le poirier fructifère de S. Roch. — Frascati et ses prétentions.

Dans l'espace de cent ans, le culte de S. Roch avait acquis une véritable universalité. Depuis les rivages glacés de la mer Baltique jusqu'au détroit de Gibraltar ; depuis les Cyclades jusqu'au brumes de le Manche, le nom de S. Roch était invoqué. Néanmoins il manquait encore à ce culte si populaire une suprême sanction ; Il n'avait pas encore droit de cité dans Rome. Cette consécration, la plus haute entre toutes, lui fut accordée par le vicaire de Jésus-Christ, et S. Roch eut un temple sous son vocable dans l'Eglise, mère et maîtresse des Eglises. C'est ce qui arriva en 1498. Le pape Alexandre VI autorisa la Confrérie de S. Roch et permit l'érection d'une église en son honneur. Nous croyons ne pouvoir rien faire de mieux que de traduire un document important qui relate ces deux faits.

Une bulle de Pie IV, du 18 octobre 1560, renouvelle les priviléges et les exemptions accordés par Alexandre VI et Léon X à la Confrérie de S. Roch, établie à Rome. Le pontife débute ainsi : « Nos chers fils les confrères de l'Association de S. Roch, confesseur, habitant dans notre ville de Rome, exposèrent pieusement au pape Alexandre VI, notre prédécesseur, qu'un grand nombre de fidèles de Jésus-Christ étaient non-seulement préservés de la peste par l'intercession de S. Roch, mais même que ceux qui étaient atteints étaient délivrés par la faveur du même Saint.

» Ils exposèrent, en outre, que, comme dans la ville de Rome il n'existait aucune église dédiée à S. Roch, il leur fût permis de régulariser leur association et d'élever un temple, sous l'invocation de S. Roch, pour y célébrer les offices divins, y tenir leurs réunions, et y prendre les mesures nécessaires à la direction, administration et conservation de leur confrérie.

» Pour la réalisation de ces buts divers, ils achetèrent, après avoir rempli les formalités prescrites et avoir fait mention spéciale de la destination du lieu, un emplacement situé dans la rue qui conduit à l'église de Sainte-Marie *du peuple*, de la redevance annuelle de dix ducats.

» Ils dirent que leur volonté expresse était de construire sur ce lieu une église en l'honneur de Saint-Roch, d'y faire célébrer des messes et les autres offices par des chapelains approuvés, de la décorer de tous les ornements nécessaires à la célébration des saints Mystères.

» Prenant donc en considération des vœux aussi méritoires, notre susdit prédécesseur approuva par l'autorité apostolique ladite Confrérie, accorda des Indulgences à son église, afin que, par l'intercession de S. Roch auprès du Tout-Puissant, les fidèles puissent être préservés et délivrés de la peste. (1) »

L'église de Saint-Roch, grande et belle, située dans la rue de *Ripetta*, tout près du Tibre, fut donc construite en 1499. Près de l'église se trouve un hôpital pour les pauvres ouvriers de différentes professions. Dans le XVIIme siècle, le cardinal Antoine-Marie Salviati y fit ajouter à ses frais un autre hôpital pour les femmes. Chaque année, les membres de la Confrérie de S. Roch célèbrent, le 16 août, avec une grande pompe et une excellente musique, la fête de ce glorieux confesseur de Jésus-Christ. Jusqu'à la fin du siècle dernier, la Confrérie délivrait ce jour-là un prisonnier condamné à perpétuité, et faisait la dot matrimoniale de quelques jeunes filles pauvres. Les confrères portent un habit vert, comme ceux de nos péni-

(1) Voir le *Bullarium* de Cherubini.

tents, orné de l'image de S. Roch avec deux membres de l'association à genoux devant lui..

Les habitants de Plaisance ne furent pas les derniers à honorer d'un culte particulier celui qui avait été le sauveur de leurs ancêtres. Tout ce qui rappelait son souvenir, les lieux qu'il avait habités, devinrent autant d'oratoires. Les villages de Caorso, de Corvara, de Sarmato, dans la banlieue de Plaisance, furent, dans la suite des siècles, le but de pieux pèlerinages.

On se rappelait que dans la première de ces communes il avait guéri une multitude considérable de pestiférés. A Corvara, on venait s'abreuver à la source miraculeuse qu'il avait fait sourdre de terre, et qui porte encore aujourd'hui le nom de *Fontaine de Saint-Roch*. Mais Sarmato avait le privilége d'attirer un plus grand nombre de fervents chrétiens, du moins jusqu'au siècle dernier. Nous ne savons si notre époque de révolutions, qui a détruit partout tant de monuments et de traditions populaires, n'a pas englouti pareillement dans ses tourbillons successifs cet usage des Plaisantins.

Quoi qu'il en soit, Sarmato méritait bien cette préférence, car, outre une seconde source miraculeuse que la tradition assurait être l'œuvre de S. Roch, on y trouvait sa cabane, cette cabane où il avait passé la convalescence de la terrible contagion qui l'atteignit lui-même. En l'année 1630, lors de la peste meurtrière qui dépeupla toute la Lombardie et qui fournit l'occasion au pieux cardinal Frédéric Borromée, digne successeur et parent de S. Charles, de montrer à son peuple de Milan le dévouement et la charité dont son cœur était animé, en 1630, disons-nous, au moment où le fléau fondit sur la ville et le duché de Plaisance, les fidèles se précipitèrent avec confiance vers cette cabane que l'on appelait la *Maison de Saint-Roch*. Tous ceux qui entraient dans la cabane, qui y priaient dévotement, sentaient en eux-mêmes comme un préservatif assuré contre la contagion. Il y en eut même qui s'y firent enfermer. Du jour où l'on commença ces exercices pieux, l'on assure que le nombre des morts diminua considérablement. L'on affirmait même qu'aucun de tous ceux qui avaient pénétré dans la *Maison de Saint-Roch* n'avait été atteint. Tout cela fut cause que l'année suivante le docteur Jérôme Moraggi fit construire une chapelle sur ce lieu, avec une fondation, pour faire célébrer chaque semaine une messe votive en l'honneur de S. Roch.

Mais Sarmato avait plus que la précieuse cabane qui servit de refuge aux pestiférés de 1630, plus que la source salutaire où se désaltéraient les malades : il possédait encore le bâton de S. Roch, devenu miraculeusement un arbre à fruit, à l'instar de ceux de S. Christophe et de S. Grégoire Thaumaturge. « Le bâton de S. Roch, nous assure l'historien de l'Eglise de Plaisance, planté en terre par la main du serviteur de Dieu, produisit des poires d'une saveur exquise. Ces fruits merveilleux naissaient spontanément dans la nuit qui précède la fête de S. Roch, ainsi qu'il advenait du cep de vigne de S. Thomas, apôtre, au jour de sa fête, le 21 décembre, et de l'olivier conservé près du tombeau de S. Torquatus. Ces poires, qui avaient le privilège de se conserver toujours fraîches, étaient religieusement gardées dans les maisons des fidèles; on en expédiait même dans des pays lointains comme des dons célestes. Cet arbre miraculeux a verdoyé et fructifié pendant lontemps. Mais un jour, jour à jamais néfaste, après la perpétration de deux crimes honteux, d'un homicide et du viol d'une jeune fille, commis durant la vigile que l'on accomplissait en l'honneur et pour la fête de S. Roch, l'arbre miraculeux se dessécha subitement, et nul depuis lors n'a jamais revu ses fruits bénits. »

Une ode du comte Frédéric Scotti, conservée par l'historien précité, relate la tradition populaire du merveilleux poirier :

» O bienheureux Roch, que l'heureuse ville de Montpellier nous a donné, vous protégez Caorso quoique déchiré par des divisions intestines.

» Du haut du ciel, vaincu par les prières ardentes de la rustique population de Sarmato, vous abaissez sur ce lieu vos regards compatissants, et vous agréez le sanctuaire qu'ils vous ont consacré.

» Votre cabane couverte de chaume est chargée d'or par le peuple reconnaissant, et les rayons du soleil se jouent à travers les treillis, sur le jaune métal.

» On se souvient qu'un jour, dompté par le mal et la fatigue, vous vous êtes reposé dans ce lieu, et qu'un chien vous apportait chaque jour, dans sa gueule, le pain qui vous manquait.

» Cette cabane, propriété alors des Palastrelli, passa plus tard dans l'héritage de ma famille, et en fut considérée comme le joyau le plus précieux.

» Vous changez en arbre verdoyant la branche de poirier qui vous sert d'appui, et, chose merveilleuse et unique en son genre ! la même nuit qui voit naître les fleurs voit aussi mûrir les poires.

» Ces poires se conservent intactes pendant

plusieurs années, et deviennent un préservatif assuré contre les atteintes de la peste et les souffles empoisonnés de Sirius.

» Ces prodiges eurent lieu jusqu'au jour à jamais néfaste où votre sanctuaire fut souillé par l'assassinat d'un parent par son parent et par le viol d'une jeune fille priant à votre autel.

» Ces crimes, ô Roch, firent cesser votre bienveillance pour Sarmato ; aussi le poirier, ce témoin abondant de vos bienfaits, se dessécha. »

Tout ce qui, dans Plaisance, se rattachait à S. Roch, avait le privilège d'exciter la confiance et la dévotion du peuple. On conservait dans l'église des Servites un vieux portrait de S. Roch que l'on assurait avoir été peint, du vivant même du serviteur de Dieu, par Gothard Palastrelli, son ami et son disciple dans la voie de la sainteté. Le concours que cette image attirait, était si grand et les grâces qu'on y obtenait si nombreuses, que ces religieux se virent forcés d'élargir considérablement et leur église et leur couvent.

Le fait du bâton de S. Roch, changé en poirier, nous doit faire consigner ici la mention de deux autres bâtons. Un document cité par M. l'abbé V... dans sa *Vie de S. Roch*, assure que le bâton avec lequel le Saint fit ses voyages, se conserve dans le couvent des Trinitaires de Montpellier dans une armoire bâtie dans une chapelle construite en son honneur, et qu'on va voir ce bâton avec beaucoup de dévotion le jour de sa fête. On n'a jamais pu connaître, assure ce document, de quel bois il est, étant de la grosseur du bras avec un petit cercle de fer à chaque bout, et un petit chérubin au haut en relief, travaillé par ce Saint. D'autre part, d'après les Bollandistes, un bâton de S. Roch s'était conservé dans la famille de la Croix. Il avait six pieds de longueur, d'après l'authentique rédigée à Montpellier, le 14 mars 1639. Mais rien n'empêche de croire, selon la remarque très judicieuse de M. l'abbé V..., qu'il n'y ait eu plusieurs bâtons de S. Roch (1).

(1) *Vie de S. Roch*, par l'abbé V.., curé de S. Roch, Montpellier, 1858.

Nous croyons qu'il ne sera pas inutile de donner quelques explications sur les prodiges dont le poirier de S. Roch a rappelé le souvenir.

S. Torquatus, mentionné au 15 mai par le martyrologe romain, fut envoyé en Espagne, d'après la tradition, par l'apôtre S. Pierre, et il fonda le siége épiscopal de Cadix. « Il est escrit, assure un des auteurs de la compilation du P. Ribadeneira, que devant l'église de Saint-Torquat, qui est en Cadix, il y avoit un olivier, planté de sa main, qui florissoit miraculeusement et portoit du fruict le jour de sa feste, dont les gentils estoient tous esmerveillés. »

Quant à S. Christophe, « il portoit un baston en sa main, dit le P. Ribadeneira, lequel ayant une fois fiché en terre, reverdit et florit soudain comme un arbre : plusieurs qui virent ce miracle se convertirent à la foi de nostre Rédempteur Jésus-Christ, laquelle par les prières et oraisons de Saint Christofle, et par les merveilles que Nostre-Seigneur opéroit en luy, se dilatoit de jour en jour, et l'Eglise des fidèles accroissait, jusques à ce que Dèce estant parvenu à l'empire, S. Christofle fut pris en la ville de Samos en la province de Lycie. »

» S. Jean Chrysostome, d'après le même auteur, ajouste que les fidèles en Orient tenoient le sépulchre de Sainct Thomas en aussi grande vénération que ceux des apostres Sainct Pierre et Sainct Paul. Et l'évesque Aquilin rapporte un miracle qui se faisoit d'un sarment sec qu'on mettoit chasque année ès mains du Sainct apostre le soir de la vigile de sa feste, lequel se trouvoit le lendemain couvert de pampre, portant un raisin meur, avec une grande admiration d'un chacun présupposant que le corps du Sainct apostre estoit en Edesse. (1) »

Presque aux portes de Rome, à la limite méridionale de cette plaine lugubre et désolée qu'on appelle la *Campagne de Rome,* surgit tout à coup, comme une fraîche oasis au milieu d'un désert

(1) *Fleurs des vies des Saints,* par le R. P. Ribadeneira, aux 15 mai, 25 juillet, 21 décembre.

maudit, la délicieuse petite ville de Frascati, siége épiscopal de l'un des six cardinaux-évêques. Au temps de la puissance romaine, elle portait le nom de Tusculum. C'était là que les grands seigneurs de la Rome antique avaient leurs villas de Plaisance, leurs palais des champs, leurs bois, leurs jardins princiers, leurs vergers rares, leurs volières des oiseaux de Phase dont l'entretien coûtait des sommes énormes, leurs ménageries de bêtes féroces nourries avec la chair des esclaves maladroits ou rebelles. Les ruines de tant de grandeurs, refuges des lézards, gisent éparses sous les branches des pins et au milieu des genêts sauvages. Du sommet du *Monte Toscolo* l'on voit à ses pieds les décombres des cirques, des amphithéâtres, des thermes, des palais, les murs de la vieille cité étrusque de Gabies, couverts d'un marécage depuis vingt-six siècles, et le lac Régille qui semble encore teint de sang, et Castel-Gandolfo avec ses verdoyants jardins, et la Méditerranée se déroulant comme une nappe d'argent, et les aqueducs interrompus de la Campagne de Rome, et les contrastes les plus inattendus, — ne vîmes-nous pas un jour, un chevrier faisant paître un grand troupeau de chèvres sur les ruines de la villa de Cicéron, là même où il composa ses *Tusculum?* — et puis, au centre de ce paysage, unique, le dôme de Saint-Pierre portant jusques dans les nues ces paroles victorieuses : *Christus imperat, regnat, vincit*, le Christ a l'empire du monde, il règne, il triomphe !

Frascati est encore aujourd'hui un séjour délicieux à cause de ses belles et royales villas, de la salubrité de son site, des fraîches eaux amenées du *Monte Algido*. Quel est le voyageur qui n'ait conservé dans ses souvenirs les villas *Belvedere, Madama, Falconierie, Aldobrandini, Montalto, Conti?* Quel est celui encore qui aurait oublié le beau couvent des Camaldules, situé sur une des plus riantes collines de Frascati, et tout entouré de ces pins aux formes poétiques que l'on ne rencontre qu'en Italie?

Tusculum conserva toute sa splendeur antique jusqu'à la fin du xme siècle. A cette époque il fut rasé de fond en comble par l'empereur Othon.

Peu à peu l'on vit sortir des ruines la petite ville moderne sous le nom de Frascati. Le titulaire de ce siége épiscopal a toujours conservé la dénomination antique de *cardinal-évêque de Tusculum*.

Si nous nous sommes un peu étendu sur cette ville, c'est que Frascati dispute, ainsi que nous le dirons, le berceau de S. Roch à Montpellier.

Or, en 1656, le siége épiscopal de Frascati était occupé par le cardinal Antoine Barberini. Un revirement de politique étant survenu dans la cour, après le décès d'Urbain VIII, son oncle, ce prince fut obligé, dès le lendemain de l'exaltation d'Innocent X, de se démettre de l'importante charge de camerlingue, qui répond à celle de ministre des finances, et de se retirer dans la province que le saint siége possédait outre-mont, c'est-à-dire dans le Comtat-Venaissin. Après avoir successivement habité Carpentras et Vaison, Antoine Barberini, qui avait alors le titre presbytéral de la Très-Sainte Trinité *au mont Pincius*, fut attiré à la cour de France par le cardinal

Mazarin. Antoine Barberini était doué de qualités si éminentes que, quoique étranger, il fut nommé, en 1653, archevêque de Rheims et grand-aumônier de France. Le pape Innocent X étant mort en janvier 1655, le cardinal Antoine Barberini retourna aussitôt à Rome, où il contribua puissamment à l'élection du pieux Alexandre VII, qui eut lieu le 8 avril 1655. Le 11 octobre suivant, il permuta son titre presbytéral contre celui de cardinal-évêque de Tusculum, à la place de Jules Sacchetti, promu au siége de Sabine.

Quelques mois après la prise de possession de l'Eglise de Frascati, par le cardinal Antoine Barberini, la peste, qui faisait des ravages terribles dans l'Italie méridionale, à tel point que la ville de Naples perdit la moitié de sa population, la peste arriva jusqu'aux portes de Frascati. Quelques victimes même succombèrent. La terreur et la consternation s'étaient emparées de tous les esprits, quand, le 18 juin 1656, un prodige, attesté par des témoins oculaires, vint relever les espérances abattues. L'église de Notre-Dame était remplie de fidèles qui adressaient à Dieu leurs ferventes supplications; quand tout-à-coup l'on vit apparaître, sur une des parois de l'église, d'abord le visage de S. Roch, puis celui de S. Sébastien, peints l'un et l'autre sur un tableau caché sur ce mur et couverts d'une enveloppe qui ne permettait nullement de soupçonner l'existence d'un tableau en ce lieu. L'enveloppe tomba d'elle-même comme par enchantement. La ville entière vint invoquer l'intercession de ces Saints que la bonté divine tirait comme d'un nuage pour être les sauveurs de la ville affligée. A partir de ce moment, la peste disparut entièrement. L'église, où le prodige avait eu lieu, prit le titre de Saint-Roch qu'elle porte encore aujourd'hui. Une fête commémorative, qui se célèbre chaque année, a transmis à la postérité que la ville de Frascati fut délivrée de la peste, en plein XVIIme siècle, par sa confiance au crédit du glorieux S. Roch auprès de Celui qui frappe et qui guérit.

Nous gravîmes un jour le verdoyant côteau qui conduit à l'abbaye des Camaldules. Le R. P.

abbé étant malade, ce fut le prieur du monastère, le digne P. Constanzo, qui nous accueillit avec la plus parfaite cordialité. Après avoir visité ce magnifique établissement des austères enfants de Saint-Romuald, la conversation nous amena, par de forts longs détours, jusqu'à S. Roch. Le P. Constanzo nous apprit donc qu'on faisait à Frascati des recherches actives pour établir que le sauveur des pestiférés était né à Frascati. Il reste presque acquis, nous dit-il, que S. Roch, issu d'une famille patricienne de Frascati, naquit à la fin du XIIIme siècle ; que, durant les guerres sanglantes des Colonna et des Orsini, sa famille, se trouvant dans le parti vaincu, fut obligée de s'expatrier, tandis que lui, après avoir fait beaucoup de pieux pèlerinages et avoir même visité Montpellier, devint le libérateur de l'Italie durant la peste qui la dépeupla. Telle est l'idée que caressent avec amour les habitants de Frascati, et à laquelle, bien entendu, nous n'opposâmes aucune objection.

CHAPITRE VII.

Conclusion.

Les reliques de S. Roch furent, ainsi que nous l'avons dit, un objet de vive convoitise dans toute la chrétienté. Depuis le vol fait par les Vénitiens, Arles fut le foyer d'où l'on tira divers fragments des ossements sacrés du libérateur des pestiférés. Grâce à l'intervention successive des papes, des rois de France, des archevêques d'Arles, des généraux des Mathurins ou Trinitaires, ces précieuses reliques furent disséminées dans toute l'Europe. En 1501, Alexandre VI fit octroyer un os de l'épine dorsale à ses compatriotes, les habitants du royaume de Grenade, récemment délivrés de l'occupation musulmane.

François 1er obtint, par l'entremise du pape Clément VII, l'os spondyle qui fut porté d'Arles à Villejuif près de Paris.

Les Mathurins de Marseille, plus exposés à la peste que les autres, obtinrent de leurs confrères d'Arles, en 1557, une partie du chef de S. Roch. Une autre portion de la tête fut envoyée aux Trinitaires de Douai par le général de l'Ordre.

Rome, Turin, Anvers, Versailles, Bruxelles, Prague, la paroisse de Saint-Roch à Paris, Cologne, Dundermonde en Belgique, le royal monastère de l'Escurial en Espagne, Césène dans la Romagne, obtinrent successivement, au moyen de royales protections, des parcelles de ces saintes reliques. Nous avons découvert que la ville d'Apt, dans le diocèse d'Avignon, possède également le fragment d'un os de S. Roch, qui lui fut donné par un évêque de Cavaillon.

Montpellier gémissait depuis plusieurs siècles de se voir dépouillé des reliques du plus glorieux de ses enfants. Le bonheur de cette ville fut au comble lorsque, après d'actives démarches auprès de l'autorité ecclésiastique d'Aix et des magistrats d'Arles, elle put obtenir, en 1838, quelques reliques de S. Roch. « Les trente et trente-un mai de cette année, nous dit M. l'abbé V... dans sa *Vie de S. Roch*, resteront des jours à jamais mémorables dans le souvenir des habitants de notre ville, et un monument de reconnaissance au peuple d'Arles et à ses magistrats, au clergé surtout et à Mgr l'Archevêque d'Aix. Montpellier, certes, en cette circonstance ne s'est point démenti, et s'est manifesté ce qu'il est dans son enthousiasme. La joie et la jubilation de toute la cité, accourue en foule à la rencontre de quelques parcelles d'ossemens d'un de ses enfants, a montré à l'évidence que non-seulement il y a de la foi encore dans le cœur de ses habitants, que les efforts coupables d'un monstrueux matérialisme n'y ont point effacé l'idée et l'espoir d'une glorieuse résurrection après la mort, mais aussi qu'il n'y a plus lieu désormais de les accuser d'indifférence envers un Saint dont l'illustration les honore dans tout l'univers, et qui leur assure auprès de Dieu la protection puissante d'un ami envers des amis, ou d'un père envers ses enfants. »

Ici une réflexion se présente. Ne pourrait-on pas dire avec raison que la voie la plus sûre pour arriver à une immortalité aussi universelle qu'impérissable est, depuis le christianisme, la voie de l'abnégation, du dévouement, de l'humilité?

Combien est restreinte l'admiration qu'inspirent les grands capitaines qui ont dicté leurs lois à l'univers muet! Il faut être lettré pour parler d'Alexandre, de César, de Charlemagne, de Napoléon.

Mais combien plus limitée encore est la gloire des philosophes qui ont agité les questions de la plus haute métaphysique, des savants qui ont analysé la création et découvert quelques-unes de ses lois, des poètes qui ont mis en scène les passions humaines ou chanté les héros !

Quant aux hommes qui ont sacrifié leur vie pour le salut des malheureux ; dont la parole a changé le cœur de leurs frères, a rendu aux créatures du Seigneur leur dignité morale ; les hommes dont la vie entière a été un long sacrifice, sans faste, sans gloire retentissante, sans honneurs, a toutes les douleurs de l'humanité, ces hommes ont acquis, sans le vouloir et même en la dédaignant, l'immortalité que rêvent les ambitieux. Les livres qui racontent leurs souffrances et leurs sublimes œuvres sont appris au plus petit enfant, et deviennent la lecture de prédilection des familles chrétiennes. Leur nom se prononce encore avec vénération, leur souvenir s'est transmis ineffaçable de génération en génération, et toujours on le retrouve, comme une étoile chaste et lumineuse, au ciel, jetant sur les cœurs les plus endurcis ses rayons purs et bienfaisants.

Tels sont S. Roch, S. Jean de Dieu, S. Vincent de Paul.

En ce qui concerne S. Roch, mourant obscur pour le salut de ses frères, quel est le genre de gloire qui lui a manqué? La poésie, la sculpture, l'architecture, la grande voix des peuples, l'histoire, le culte des églises, tout est venu déposer une auréole autour de sa tête.

« Vous qui lirez ce livre dans un esprit de foi, s'écrie dans une élégie latine en l'honneur de S. Roch un poète allemand, admirez les saintes actions de cet homme admirable.

» Une atmosphère humide fournit un aliment au souffle contagieux de la peste, un brouillard empoisonné porte au loin le virus que respirent les poumons suffoqués. Tout succombe, le vieillard et l'enfant, le poison de l'air précipite le fort et le faible dans les mares du Styx. En voyant le nombre des morts, on dirait les flots amoncelés d'une mer en furie qui se brise sur le rivage.

» Ah! qui que vous soyez, dans un tel état de

choses, vénérez S. Roch, appelez S. Roch à votre secours. O miséricordieux Roch, espoir des malheureux, refuge des affligés, écoutez-nous, Roch exaucez-nous !

» Le Très-Haut vous a donné une puissance assurée pour repousser la peste. Les nations consternées placent leur unique espérance en vous. Ah ! puisse la terrible contagion, grâce à votre intercession, s'éloigner de nos parages, et que l'ange exterminateur, cessant d'entasser des ruines, ne détruise pas entièrement notre espèce !

» Daigne le Dieu tout-puissant tourner ce fléau contre les infidèles, épargner ses ouailles soumises, et nous délivrer de cette horrible contagion. Roch miséricordieux, nous vous demandons ces grâces avec une entière confiance ; obtenez du Seigneur notre prompte délivrance ; éloignez de vos serviteurs la peste de l'âme et du corps (1). »

Dès le xvme siècle, la poésie française s'empara du nom et des vertus de S. Roch :

(1) apud Bolland.

Sire S. Roch de Dieu amy,
Moult dévotement je te pry,
Que moi ton humble serviteur
Me garde de ce haut périr
De la peste que je voit courir !
Hélas ! qui sauroit bien conter
Tes miracles et raconter
Ceux que tu as fait en ta vie !
Par toi cessa l'épidémie
De Tournay, Abbeville, Amiens,
Qui depuis ont loué ta vie,
Te remerciant de tes biens
Comme ceux qui se disent tiens (1).

Quelle admirable et divine philosophie que la philosophie de la croix, de la charité, de l'humilité ! Elle reste constamment debout, glorieuse et triomphante, au milieu de toutes les ruines de l'esprit humain. Voyez à côté d'elle tous les systèmes, toutes les disciplines intellectuelles se poussant successivement dans la tombe avec les hommes qui les enfantèrent. Nous ne parlons pas de l'antiquité, véritable tour de Babel, où toutes les croyances étaient confondues. Nous nous fixons

(1) Rapporté par M. l'abbé V... dans sa *Vie de S. Roch.*

aux temps modernes. C'est d'abord le platonicisme et l'aristotélisme aux prises parmi les philosophes du moyen âge. La lutte fut terrible; Aristote l'emporta. Puis c'est Descartes venant renverser Aristote. Descartes, à son tour, qui s'est isolé dans la solitude de son *moi* et a tiré le rideau devant le soleil de la foi, a vu depuis peu renverser sa statue aux pieds d'argile.

Quant à la philosophie de S. Roch, elle est devenue plus universelle que jamais, depuis qu'on a senti que notre siècle malade ne peut être sauvé que par la charité et le dévouement.

Le culte de S. Roch acquit une régularité définitive lorsque Urbain VIII eut ordonné que son nom fût inséré au martyrologe romain, et que son office fût obligatoire dans toute l'Eglise catholique (1).

Lorsque le voyageur égaré, durant l'obscurité de la nuit, voit soudainement scintiller une vive lumière à travers la forêt, il sent renaître la joie

(1) Abrégé de l'Hist. ecclés. par Morenas, tom. X.

dans son cœur, car il se promet une halte bienfaisante. Ainsi, quand nous parcourons les annales de l'humanité, souvent il arrive que, las d'errer dans des landes stériles, la prostration s'empare de nos âmes ; mais si, relevant notre tête abattue, nous reprenons notre utile labeur, nous verrons bientôt briller dans chaque siècle quelques étoiles merveilleuses qui viendront reposer nos yeux et réjouir nos cœurs. Ce sont ces hommes presque divins que la Providence suscite aux temps marqués. Ces célestes messagers, exécuteurs des desseins d'un Dieu de bonté et de clémence, embellissent les champs de l'histoire, et montrent à quel point de grandeur morale peut arriver 'homme régénéré en Jésus-Christ.

FIN DE L'HISTOIRE DE SAINT ROCH.

VIE

DE SAINT JEAN COLOMBINI.

VIE

DE SAINT JEAN COLOMBINI,

FONDATEUR DES JÉSUATES,

PAR L'ABBÉ J.-F. ANDRÉ.

CHAPITRE I.

Jean Colombini est destiné à la sainte folie de la Croix. — Sa vie peu chrétienne. — Il se livre au commerce. — Il devient usurier et accapareur. — Sa miraculeuse conversion.

L'ÉGLISE catholique, dans son admirable fécondité, produit toujours des enfants qui, par un généreux renoncement, viennent perpétuer l'œuvre de Dieu parmi les hommes. Il est rare même qu'un grand exemple de dévouement ne produise pas de sublimes imitateurs. Dieu ne rétrécit jamais sa miséricorde, et la grâce de Jésus-Christ opère toujours des miracles.

S. Roch venait de mourir quand la divine Providence suscita un de ces hommes prodigieux qui sont donnés au monde pour confondre sa sagesse et pour être en même temps les anges tutélaires de tous les membres souffrants du Sauveur. Cet homme fut Jean Colombini, fondateur d'un ordre religieux voué au soulagement des malades et aux travaux de la pharmacie. Peu de saints ont poussé plus loin la sainte folie de la Croix que celui dont nous entreprenons d'écrire la vie. Dieu, pour confondre l'orgueil des savants et la sagesse des sages, appela Jean Colombini à étonner le monde par l'exercice continuel de tout ce qui contrarie le plus la nature déchue. De cette folie apparente il sortit un grand saint et une œuvre admirable pour le soulagement des pauvres et des malades. Avant d'être le fidèle disciple de Jésus-Christ, Jean avait été un grand pécheur. Cette vie nous prouvera donc encore cette vérité que, quelque égaré que l'on soit, on peut devenir saint si l'on se montre docile aux appels de la grâce.

Jean Colombini naquit, vers 1309, dans la ville

de Sienne, *cette perle précieuse de la Toscane*, nous dit son biographe, *cette fleur de l'Italie, déjà illustre par le nombre considérable de saints qu'elle avait engendrés, mais devenue plus radieuse encore par le lever de ce bel astre qui s'appelle Colombini* (1). Sa famille, une des plus nobles de la république siennoise, portait le nom de Strozzavacca antérieurement au xive siècle. Mais un des ancêtres de notre Saint, environ cent ans avant, trouvant que ce nom offrait une image peu agréable, le changea en celui plus doux de Colombini, qui devait recevoir un éclat impérissable ; il refondit en même temps son antique blason, et prit pour arme de sa famille quatre colombes surmontées d'une croix d'or sur champ d'azur.

Pierre Colombini et Angeline, sa femme, s'empressèrent de cultiver de bonne heure l'intelligence de leur petit Jean par l'étude des lettres, afin qu'il pût dignement occuper un jour les hauts emplois de la république. On est tout surpris, en

(1) Bollandistes, 31 juillet.

parcourant ces belles et antiques villes de l'Italie, de voir tant de richesses dans les églises, tant de magnificence dans les nombreux palais qui les ornent, tant de beauté dans les couvents et les hôpitaux, tant de merveilles artistiques; mais l'étonnement cesse quand on réfléchit que tous ces fiers républicains de Pise, de Florence, de Sienne, de Bologne, d'Arezzo, se livraient, quoique nobles, et très-nobles pour la plupart, à un commerce très-actif et fort étendu. Mais, bien différents des matérialistes commerçants de nos jours, ils employaient le surplus de leurs richesses à élever une foule de monuments pieux, qui, chefs-d'œuvre des arts en même temps, font encore l'admiration de l'Europe. Jean Colombini se livra donc au commerce avec une véritable passion. Vers l'âge de vingt-deux ans, il épousa la jeune Blasia Cerretani, qui réunissait une grande beauté, la noblesse du sang et une dot considérable. Il en eut deux enfants, un fils et une fille. Ayant perdu son fils aîné en bas âge, il concentra toute son affection sur sa fille unique. Quelques années après son mariage, Jean

Colombini devint membre du sénat. Il fit preuve de tant de prudence et de fermeté dans cette assemblée, que peu après il fut nommé à la dignité suprême de gonfalonier de la république de Sienne.

Cependant Jean était dominé par une passion insatiable, la soif de l'or. L'augmentation toujours croissante de ses richesses, par le succès de son négoce, ne servait qu'à donner de nouveaux stimulants à sa passion. Non-seulement sa vie était peu chrétienne, mais il en vint même jusqu'à fouler aux pieds les simples règles de la probité mondaine. Il était tellement âpre au gain qu'il ne craignait pas de frauder, de tromper dans les poids et les mesures, dans la qualité des marchandises, de voler même. Un jour il accapara tout le blé de la ville, l'enferma dans de vastes greniers bien cadenassés, procura ainsi une véritable famine, et revendit ensuite le blé à des prix énormes dont il était le seul taxateur. Une certaine partie de ce blé se corrompit. Il le céda alors à des paysans pauvres en leur faisant contracter l'engagement qu'à la récolte ils lui rendraient la même quantité en blé nouveau. Il ne s'arrêta pas là ; il se livra à l'usure et à l'usure la plus criante. Il prêtait sur gage à une courte échéance, à un taux non-seulement proscrit par l'Eglise, mais par la plus vulgaire probité.

Mais Dieu, qui l'avait choisi pour en faire un vase d'élection, eut enfin pitié de son âme. Il se servit, pour l'éclairer, d'un moyen bien simple. La grâce ne tomba pas en vain sur ce cœur qui devait faire des miracles d'abnégation. Or, voici comment advint son heureuse conversion.

Un jour, c'était en 1355, Jean Colombini revint plus tôt que de coutume du lieu où les négociants se réunissaient pour leurs opérations commerciales, lieu que de nos jours nous appellerions la Bourse. La faim le tourmentait. Il voulut dîner sur le champ. Sa femme, Blasia, lui fit observer que les domestiques, ignorant son retour anticipé, avaient préparé les aliments pour l'heure ordinaire. Jean entra alors dans une véritable fureur, et demanda impérieusement qu'on lui servît les mets demi-cuits. Blasia cherchait en vain à l'adoucir. Jean ne répondait que par des imprécations et des blasphèmes. Blasia, prenant alors sa voix la plus caressante, lui présenta la Vie des Saints, en l'engageant d'en lire quelques pages en attendant les préparatifs du dîner. Jean, plus furieux que jamais, prit le livre, le lacéra et le lança contre le mur. La bonne dame comprit qu'il était temps de s'esquiver et de laisser son mari se calmer seul. Jean Colombini se promenait de long en large dans son appartement, quand ses yeux tombèrent sur le volume qu'il avait rejeté avec colère. Il le ramassa machinalement; sa fureur s'était radoucie. Il ouvrit donc le livre et tomba sur la Vie de Ste Marie l'Egyptienne. Le récit des terribles pénitences endurées par elle après une vie de désordre le fit réfléchir. Faible et délicate, accoutumée au luxe et au plaisir, Marie, revenue à Dieu, passa quarante-cinq ans de sa vie dans un désert inaccessible, dans les jeûnes les plus rigoureux, dans les macérations, au milieu de la haire et du cilice, en passant ses nuits à verser des larmes amères sur ses péchés!... Jean ayant pris goût à cette lecture, réfléchissait profondément. Marie se purifia si bien de ses souillures, que Dieu, pour la récompenser de ses efforts généreux, permit que les Anges vinssent converser familièrement avec elle dans son désert. — « Mon Dieu, s'écria Jean tout ému, vous ne rejetez donc personne et l'on peut devenir saint par une sincère pénitence! » Il en était là quand on vint l'avertir que le dîner était servi. — « Attendez encore un peu, répondit Jean avec une extrême douceur, pour que je finisse l'histoire que j'ai commencée. » On vint faire part à Blasia de cette réponse. Etonnée, elle s'écria : — « Mais d'où vient ce changement? » Aussitôt la pieuse dame se prosterna à genoux pour remercier Dieu et supplier le divin Sauveur d'achever son œuvre et de convertir cet autre Saul. Ses prières furent écoutées. Dès ce moment Jean fut un autre homme.

Pour donner un fondement solide à l'œuvre de sa conversion, Jean Colombini fit, dès le lendemain, une confession générale qu'il interrompait souvent par ses sanglots. Il vit alors le néant du monde, et il comprit cette parole divine : *Que sert à l'homme de gagner tout l'univers, s'il vient à perdre son âme?* Fidèle à la grâce divine qui l'appelait à une vie parfaite, non-seulement Jean renonça à ses gains illicites et imposa un frein à son avarice, mais il voulut se mettre à l'abri des occasions en se retirant du commerce pour vaquer uniquement aux œuvres de piété. Du point élevé où sa conversion l'avait placé, il regardait le monde, les richesses, les honneurs comme de la boue. Il ne comprenait même plus que, chrétien et n'ayant que quelques instants à passer sur cette terre pour acquérir la patrie durable, il eût pu vivre et agir comme s'il eût dû avoir ici bas une demeure permanente.

Dieu, qui ménage toujours de grandes consolations à ceux qui, après une vie de désordre, entrent généreusement dans les sentiers de la pénitence, accordait à Jean Colombini un goût extraordinaire pour les pratiques de piété. Il se livrait au saint exercice de la prière avec une joie toujours nouvelle. Il visitait chaque jour toutes les églises de Sienne dans lesquelles il faisait de longues stations. Lui, qui jusque-là avait eu les mains constamment ouvertes pour recevoir l'or et jamais pour le répandre, commença par faire toutes les restitutions obligatoires et à verser ensuite d'abondantes aumônes. Donner était son bonheur ; il devint même si prodigue en ce point, que plusieurs de ses parents en murmuraient et assuraient qu'il était devenu fou ; sainte folie de l'Évangile qu'il devait porter bien plus loin encore, ainsi que nous le verrons, pour l'éternelle confusion des pompes, des vanités et des séductions du monde ! La fréquente réception de la divine eucharistie le transportait d'allégresse et centuplait ses forces pour la vertu. On voyait son visage radieux les jours où il s'approchait du banquet des anges.

CHAPITRE II.

Progrès rapides de Jean dans la vertu. — Il veut faire vœu de chasteté. — Entretien avec sa femme à ce sujet. — Il convertit Vincent Mini. — Pieux stratagème pour se soustraire aux soins qu'on lui prodiguait.

Mais Jean Colombini ne crut pas assez faire en évitant le mal et en pratiquant le bien, il voulut tendre à la plus haute perfection par le renoncement le plus absolu à toutes les puissances de la nature corrompue. Il voulut, en un mot, crucifier le vieil homme sur la croix de Jésus-Christ. Non-seulement il déclara la guerre à la sensualité par des mortifications extraordinaires, mais surtout il tâcha d'anéantir l'orgueil par des humiliations qui le firent taxer de démence. Ce généreux disciple du Sauveur anéanti vivait d'abord dans une union continuelle avec Dieu par l'oraison à laquelle il consacrait de longues heures. C'était là qu'il puisait ses forces. Il fuyait avec soin les réunions qui, peu de temps auparavant, faisaient ses délices. Le vide et le néant de ces conversations ne pouvaient plus satisfaire ce cœur absorbé dans Dieu. Lui, accoutumé aux fiévreuses agitations du commerce et de l'administration de la république, n'aimait plus que la retraite et le silence. Là, dans un tête-à-tête continuel avec Dieu, il épurait son âme et la transformait par le salutaire travail de la vigilance, du recueillement et de la méditation.

Il comprit bientôt que Dieu demandait de lui autre chose que l'exercice de la vie contemplative. Mêlé jusque-là au monde par ses hauts emplois, par son commerce, il devait réparer le mal qu'il avait pu faire dans ces diverses situations. Il pouvait en outre par là même développer à l'égard du prochain un dévouement plus efficace. Il consacra donc une partie de sa journée à visiter les hôpitaux et à servir les malades avec une charité et une abnégation qui excitaient l'admiration de toute la ville. Quand on voyait cet homme, autrefois si âpre au gain, si dur pour les malheureux, devenu aujourd'hui leur serviteur et leur ange tutélaire, chacun bénissait Dieu et se sentait porté au bien par un tel exemple. Les malades les plus rebutants étaient ceux qui recevaient de lui les soins les plus affectueux.

Cette âme d'élite conçut le projet de s'unir à Dieu par un lien plus intime, par celui qui assimile l'homme aux anges, par le vœu de chasteté. Mais comment réaliser un tel dessein? Par le mariage chrétien qui le liait, sa décision, sur ce point, ne lui appartenait plus à lui seul. Dans son embarras, il consulta Dieu dans une fervente prière. Celui qui exauce toujours les demandes qui tendent à notre salut et à sa gloire, lui inspira la pensée de demander à sa femme le consentement nécessaire pour accomplir un tel vœu. Il choisit son temps avec prudence, il se prépara à une telle confidence par le jeûne et la prière. Enfin le moment favorable étant arrivé: — « Blasia, dit-il à

» sa pieuse épouse, j'ai à vous communiquer un
» secret que je ne peux confier qu'à mon confes-
» seur. Vous savez que depuis notre mariage j'ai
» vécu loin de Dieu. Plongé dans les affaires sécu-
» lières, j'errais dans les sentiers tortueux ; je ne
» recherchais que les richesses ; je ne craignais pas
» même d'user des moyens les plus illicites pour
» les augmenter. Je me serais perdu si Dieu, dans
» des vues de miséricorde, ne m'avait donné une
» épouse pieuse et fervente. Après Dieu, c'est à
» vous que je dois ma conversion. Non-seulement
» mon désir est de servir Dieu, mais encore de le
» servir par la pratique des conseils évangéliques.
» Mais un obstacle s'y oppose, et vous seule pou-
» vez le rompre. Rendez-moi, je vous prie, épouse
» bien-aimée, ma liberté en renonçant au droit que
» vous avez sur moi ; de mon côté, je me sens la
» force, avec la grâce de Dieu, de renoncer à l'ins-
» tant même à celui que j'ai sur vous. Croyez, Blasia,
» que Dieu nous récompensera au centuple de ce
» léger sacrifice fait pour son amour. Désormais
» vous ne serez plus que ma sœur chérie, et moi
» je serai votre frère. Notre vie sera celle des

» anges, et, un jour, nous suivrons le divin » Agneau au milieu des chœurs des vierges dans » les parterres embaumés du paradis. »

En entendant ces paroles, Blasia remercia Dieu d'avoir opéré dans le cœur de son mari un changement aussi miraculeux, et elle consentit généreusement à tout ce qu'il lui demandait. Jean Colombini se prosterna la face contre terre, en s'écriant : — « Daignez, Seigneur, accepter en » odeur de suavité cet holocauste que nous vous » offrons, et quelque misérable que je sois, agréez » mon vœu de chasteté ! » Pour le conserver dans toute son intégrité, ce grand serviteur de Dieu se livra dès ce jour à de plus rudes pénitences ; il couchait sur des sarments ou sur la terre nue; il dormait peu et fuyait toutes les occasions qui pouvaient réveiller la concupiscence. Le lendemain, il conduisit sa fille unique, âgée de treize ans, chez les Bénédictines du couvent de Saint-Abundius, pour la consacrer à Dieu. Il distribua aux pauvres une partie considérable de ses biens et commença à se vêtir très-modestement. On pouvait voir déjà que Dieu voulait faire de lui le père d'une nombreuse famille de saints, par la fondation d'un ordre religieux.

Jean comptait parmi ses amis un de ces hommes qui n'ont besoin souvent que d'une légère impulsion pour se livrer à la pratique de toutes les vertus: cet homme s'appelait Vincent Mini. Il résolut d'en faire son premier compagnon et de l'associer à toutes ses bonnes œuvres. Un jour, il l'aborda et lui dit: — « Vincent, mon ami, heu-
» reux sont ceux qui ont trouvé le don de sagesse:
» avec lui, on ne rencontre point de contentement
» pareil à celui de servir et d'aimer Dieu. Toutes
» les grandeurs de la terre, tous les plaisirs des
» sens, les plus doux attraits de la nature ne sont
» plus que de la boue quand on les compare aux
» joies dont Dieu inonde ceux qui se dépouillent
» de tout pour lui. Ce qui auparavant paraissait
» amer devient à l'âme plein de suavité. La pau-
» vreté donne des plaisirs que jamais ne procu-
» rent les richesses. Les austérités sont remplies
» de charmes et les humiliations se changent en
» torrent de délices. Celui qui possède ce don
» divin n'appréhende plus les travaux, quelque

» pénibles qu'ils soient. Oh ! que l'amour de Dieu » donne des forces et des consolations ! L'âme » alors enferme Dieu dans son cœur, elle lui parle » nuit et jour, et, dans ces ineffables entretiens, elle » reçoit la récompense de ses efforts. Enfin, s'ou- » bliant elle-même, elle ne s'occupe plus que de » Dieu, afin de pouvoir dire en vérité : *Je dors,* » *mais mon cœur veille !* » Vincent Mini se sentit vaincu par ces paroles, et dès ce moment il s'attacha irrévocablement à celui que désormais il appela son maître.

Jean Colombini arrêta alors dans sa pensée le projet de son institut. Il prit avec son compagnon des habits extrêmement vils et parfaitement semblables. Il parcourait les rues, et, ramassant tous les malades et les éclopés qu'il trouvait, il les portait, avec l'aide de son compagnon, dans une de ses maisons qu'il destinait à cet usage. Là, il les entourait de tous les soins imaginables, il pansait leurs plaies, il leur administrait des médicaments et les servait, comme s'ils eussent été ses maîtres.

Cependant un genre de vie aussi au-dessus des forces de la nature brisa sa constitution. Jean, victime de sa charité, tomba très-gravement malade. Sa femme le fit transporter dans son palais et lui prodigua les soins les plus tendres. Jean, à qui la grandeur du mal avait ôté la connaissance, ne s'aperçut, que quelques jours après du lieu où il se trouvait et des soins qu'il recevait. — « Eh ! » quoi, Blasia, dit-il alors à sa femme, ne devons- » nous pas rougir de me voir, moi le plus misé- » rable des hommes, couché sur un bon lit, tandis » que Jésus-Christ était étendu sur la croix? Chère » amie, pour soulager mon corps vous voulez per- » dre mon âme ! » Blasia s'efforça de lui persuader que ses craintes étaient chimériques, et qu'après sa guérison il reprendrait sa vie mortifiée. Jean garda un profond silence, comme s'il adhérait à tout. Il demanda qu'on le laissât un moment seul pour prendre un peu de repos. Lorsqu'il fut assuré que sa femme et ses domestiques étaient occupés ailleurs, il se souleva sur son lit, quoique accablé par le mal, il s'enveloppa dans un drap de lit, et, sortant de sa maison sans être aperçu, il traversa les rues de Sienne dans un tel accoutrement et alla se coucher, presque mourant, à la porte du grand hôpital. Il demanda par charité qu'on voulût bien recevoir un pauvre malade. Comme on ne le reconnut pas, on l'admit dans la salle des plus indigents. Blasia et Vincent Mini étant retournés dans sa chambre, furent très-surpris de la trouver vide. Ils ne comprirent d'abord rien à la chose. Ils étaient bien éloignés de deviner le pieux stratagème du serviteur de Dieu. Ils s'enquirent de toutes parts et ils découvrirent enfin qu'il était dans le grand hôpital avec les pauvres. Blasia fit tous ses efforts pour lui persuader de revenir dans le palais de ses pères afin qu'il y fût soigné. Jean resta inébranlable, et il répondait toujours : *C'est ici le lieu de mon repos, c'est ma demeure chérie !* Il resta donc dans l'hôpital pour achever sa guérison et pour soigner, distraire et convertir les malades. Il ne cessait de les exhorter à la contrition de leurs pechés par la vue de la miséricorde de Dieu qui a tant aimé le monde, leur disait-il, qu'il a donné son Fils unique pour le rachat de tous les pécheurs. Son séjour à l'hôpital fut marqué par des bienfaits de toute nature, et il y puisa en outre un plus grand désir de se vouer au soulagement des malheureux.

CHAPITRE III.

Blasia met à l'épreuve la patience du saint homme par tous les moyens imaginables. — Ce qu'il advint d'un lépreux que Jean porta sur ses épaules. — Jean consulte le B. Pierre Petroni. — Il se fait marmiton.

L'HEURE des tentations et des épreuves arriva enfin pour Jean Colombini. Il fallait que sa vertu se perfectionnât encore dans des assauts où les tièdes succomberaient. Les attaques lui vinrent du côté d'où il devait le moins les attendre, de la part de son épouse. Blasia, dont Dieu permit l'inconstance, autant pour son propre avantage que pour la sanctification de son serviteur, devint pendant quelque temps comme une de ces femmes folles dont se plaignait Job en repoussant les amers reproches de son épouse (1). Elle aurait bien voulu que Jean, son époux, devînt un bon chrétien ; mais elle le voulait chrétien selon les idées et non selon les desseins de la Providence. La vie extraordinaire de son mari, ses pénitences, sa fréquentation continuelle des mendiants et des malades, ses pratiques de piété qui paraissaient au-dessus des forces de la nature, surtout son amour des humiliations ne convenaient nullement à Blasia. Elle mit tout en œuvre pour le faire revenir de ses généreuses résolutions. Tantôt, à l'imitation de la femme de Job, elle lui adressait les sarcasmes et les reproches, tantôt elle employait les larmes et les paroles caressantes, bien autrement dangereuses pour Jean que les duretés. — « O mon ami, lui disait-elle quelquefois, rappe- » lez-vous les jours heureux de notre union; quittez » ce genre de vie que Dieu n'exige pas, et ne me » laissez pas seule me consumer dans les larmes et » l'isolement! Si vous m'avez jamais aimée, revenez

(1) Quasi una de stultis mulieribus locuta es. (Job, cap. II.)

» dans votre palais pour l'amour de moi, et nous » servirons Dieu comme des époux chrétiens. » A cela, Jean répondait avec douceur, mais avec fermeté : — « Celui qui aime son père, sa mère, » soi-même plus que Dieu, n'est pas digne de Jé- » sus-Christ. »

Jean redoubla alors ses prières afin d'obtenir de Dieu les grâces nécessaires pour surmonter une tentation aussi dangereuse. Il renouvela sa résolution de se consacrer à lui sans réserve. Dieu l'exauça, et il récompensa même les efforts que faisait Jean pour rester fidèle. Un jour, tandis que Jean était en oraison, il fut ravi en extase ; son corps devint tellement lumineux qu'il répandit une éblouissante clarté dans toute la maison qu'il habitait avec ses malades et ses mendiants. On vint appeler Blasia, qui, à la vue de ce prodige, suspendit pour quelque temps ses attaques.

Le saint homme parcourait un jour les rues de Sienne avec son compagnon pour rencontrer quelque malade qu'il pût secourir. Ils trouvèrent un misérable lépreux étendu sous le porche de la cathédrale, tellement hideux que personne n'osait l'approcher. Jean le considéra avec attendrissement, puis, s'adressant à Vincent Mini : — « Nous » devrions, lui dit-il, porter celui-ci dans quelque » bon appartement de ce qui fut jadis mon palais, » quand j'étais l'esclave du monde. Ce malade exige » des soins plus particuliers. » Aussitôt il s'approcha du lépreux, le baisa avec respect, et, avec l'aide de son compagnon, il le chargea sur ses épaules. Lorsque Blasia vit arriver son mari avec un tel fardeau, elle entra dans une fureur inouie : — « Fuyez de devant mes yeux avec cette masse » de pourriture ! Etes-vous donc devenu fou ? Vou- » lez-vous infecter mon palais pour m'en chasser ? » Ne faites-vous pas assez d'actes de démence, cha- » que jour ? Ah ! il ne me manquait plus que cela » pour mon malheur. » Le saint homme, sans rien répondre à ces objurgations, se mit en mesure de laver le lépreux, le déposa dans un bon lit, lui servit tout ce qu'il demanda. Après cela, il alla trouver sa femme : — « Rappelez-vous, Blasia, lui » dit-il, ces paroles de notre Sauveur : *Ce que vous » faites au plus petit des miens, vous le faites à » moi-même !* Aimons les pauvres et les infirmes si

» nous voulons que Dieu nous pardonne nos péchés.
» Vous avez contribué à ma conversion, voudriez-
» vous donc contrarier les desseins de Dieu sur
» moi ? »

Après ces paroles, Jean quitta son épouse et se dirigea vers la maison où il avait réuni des malades et des mendiants. Dans cet intervalle, le lépreux disparut et laissa dans tout le palais une odeur tellement aromatique, que chacun, et Blasia elle-même, reconnut qu'il y avait là quelque chose de surnaturel. La nuit suivante, pendant que Jean vaquait à l'oraison, l'adorable Sauveur se montra à lui dans tout l'éclat de sa gloire, au point que la maison fut inondée de lumière : — « Je
» te remercie, mon cher Jean, lui dit Notre Sei-
» gneur Jésus-Christ, de ce que tu m'as porté hier
» sur tes épaules. J'ai eu faim, et tu m'as donné à
» manger ; j'ai eu soif, et tu m'as donné à boire ;
» j'étais étranger, et tu m'as recueilli ; nu, et tu m'as
» revêtu ; malade, et tu m'as soigné ; dégoûtant de
» pourriture, et tu m'as lavé et donné le baiser fra-
» ternel. Aussi, je serai moi-même ta récompense.
» Persévère jusqu'à la fin dans tes œuvres que

» j'approuve et que je bénis ! » Les malades qui virent cette lumière éclatante et dont quelques-uns entendirent une voix mélodieuse qui conversait avec Jean, louèrent le Seigneur et publièrent partout cette merveille. Jean aimait la croix, le mépris, les humiliations ; il aimait en un mot à être mort au monde et caché en Dieu avec Jésus-Christ, et Jésus-Christ vint lui témoigner le cas qu'il faisait de ces vertus qu'il a pratiquées lui-même durant sa vie mortelle.

La nouvelle de cette apparition, et aussi la suave odeur qui avait embaumé son palais après la disparition du lépreux, frappèrent Blasia d'étonnement. Elle se mit à réfléchir et elle sentit une vive douleur de ses emportements et des contrariétés qu'elle avait suscités à son saint époux. Elle alla donc se jeter à ses pieds, lui témoigna les plus sincères regrets et lui donna de nouveau son consentement pour qu'il pût suivre en toute liberté les voies de Dieu, vivre loin d'elle, servir les pauvres et chercher les humiliations. Elle persévéra si bien par la suite dans son saint propos, qu'elle s'efforça d'imiter les vertus du serviteur de Dieu.

Jean Colombini se défiait de ses lumières. Il ne voulait rien entreprendre de lui-même dans les voies de la perfection ; il craignait toujours les illusions du malin esprit. Pour les éviter, il résolut de consulter le B. Pierre Petroni, chartreux, d'une haute et admirable contemplation, de lui soumettre tous ses projets et de suivre fidèlement ses conseils. — « Toute la perfection, lui dit ce » saint religieux, consiste à ne posséder que Jésus » seul, et Jésus pauvre, anéanti, humilié, crucifié. » Cherchez donc ce trésor incomparable, et si vous » le trouvez, vous éprouverez un bonheur qui » surpasse tout sentiment. » Jean retint ces paroles et résolut de les mettre en pratique jusqu'à leurs dernières limites. C'est ici qu'il va réaliser, jusqu'au plus sublime héroïsme, la sainte folie de la Croix. Il fit un sujet continuel de méditation de ces paroles de S. Paul : *Jésus-Christ nous a délivrés de la malédiction de Dieu, en devenant lui-même l'objet de la malédiction et du mépris des hommes* (1). Il comprit que le disciple n'é-

(1) Galat. III, 12.

tait pas plus que le maître, et lui, homme noble, puissant, considéré, résolut de passer pour insensé aux yeux du monde, afin de trouver la seule gloire qu'il ambitionnât, celle de la Croix du Sauveur.

Il commença par se dépouiller entièrement de tous les biens qui lui restaient encore, et les distribua aux hôpitaux et aux couvents les plus pauvres. De toutes ses anciennes richesses, il ne garda que les misérables haillons qui couvraient son corps, et dans cet état il se mit à mendier son pain de porte en porte. Il se présenta un jour au cuisinier d'une grande maison qui ne le connaissait pas, et il lui demanda instamment de l'admettre en qualité de marmiton, lui promettant de remplir exactement le devoir de cette vile occupation et de lui laisser son salaire; quant à lui, il se contentait d'un morceau de pain pour chaque jour. Le cuisinier adhéra à la proposition, et l'ancien gonfalonier de la république de Sienne fut relégué à l'évier, se croyant encore très-honoré d'un tel emploi. Cependant il ne put rester longtemps caché dans ce lieu immonde sans que son nom ne parvînt à la connaissance des valets et du maître de la maison. On voulut lui faire des excuses, mais Jean s'esquiva promptement et se retira chez ses malades, qu'il avait laissés à la garde de son compagnon, Vincent Mini. Là, il redoubla de soins et de sollicitude pour les pauvres et les mendiants. Il ne leur parlait qu'avec le plus profond respect, comme un serviteur vis-à-vis de ses maîtres. Leurs grossièretés, leurs exigences, quelquefois ridicules, étaient pour lui des sujets de joie. Il leur rendait les services les plus dégoûtants, il leur lavait les pieds, il les peignait avec la plus tendre affection : il cherchait, en un mot, à prévenir même leurs désirs. Il voyait dans eux les membres les plus chers de Jésus-Christ, et à ce titre, rien ne lui coûtait pour rendre leur position heureuse.

CHAPITRE IV.

Comment Jean se punit pour avoir aimé les tournois. — Cavalcade de Jean et de ses disciples à travers les rues de Sienne. — Conversions éclatantes. — Jean accusé d'être un perturbateur de la république. — Comment il apaise la faim de ses disciples. — Son refrain.

La sainte folie de la Croix n'est pas moins efficace pour avancer la gloire de Dieu et la conversion des pécheurs, que les miracles eux-mêmes. En effet, la justice de Dieu est satisfaite par les souffrances et les humiliations qu'endurent ses serviteurs; sa puissance s'y montre aussi avec éclat, car ce n'est que par la grâce de Jésus crucifié qu'un homme faible peut endurer avec amour ce qui contrarie le plus la nature. Le récit des faits extraordinaires qui composent la vie de S. Jean Colombini nous prouvera mieux encore ces vérités.

Les nobles siennois avaient la coutume, à certains jours de fête, de faire de brillantes cavalcades dans les rues de la ville pour étaler leur luxe et leur magnificence. Jean avait pris part comme les autres à ces divertissements frivoles. Il voulut s'en punir. Un jour donc, revêtu de ses haillons, le front ceint d'une branche d'olivier, il monta sur un âne galeux et fit le tour des rues les plus fréquentées de la ville, en criant à haute voix ces paroles qui furent dans la suite la devise de son ordre : — *Evviva Gesù solo nel cuore di tutti gli uomini!* Vive Jésus seul dans le cœur de tous les hommes! — Un immense éclat de rire accueillit le serviteur de Jésus-Christ ; on le traita d'insensé, les enfants lui jetèrent des ordures ; Jean criait plus encore : *Vive Jésus seul dans le cœur de tous les hommes!* Cependant une action aussi héroïque de la part d'un homme qui avait gouverné la république, les exhortations brûlantes d'amour de Dieu qu'il faisait à tout le monde, firent une impression profonde sur un grand nombre de personnes. Des conversions éclatantes s'opérèrent parmi les commerçants et les nobles. Plusieurs membres de l'illustre famille Piccolomini se soumirent au joug doux et léger du Sauveur. Barthélemy, leur chef, alla plus loin encore, il distribua tous ses biens aux pauvres et se rendit disciple de Jean Colombini. Peu de temps après, plusieurs jeunes gens de la noble lignée des Ubaldini supplièrent instamment le serviteur de Dieu de les prendre pour compagnons de ses pieux exercices. On voit que Dieu lui-même prenait soin de fonder cet ordre, qui devait être si utile aux pauvres et aux malades.

Jean soumit alors ses disciples à une règle commune, composée seulement de quelques articles qui tous tendaient à l'anéantissement de l'orgueil humain et au dévouement pour les pauvres. Il demandait avant tout aux siens la destruction du vieil homme pour faire revivre Jésus-Christ à sa place. Les plus rudes épreuves furent ménagées à ces patriciens, jadis si fiers. C'était foire à Sienne. Jean fit amener autant d'ânes qu'ils étaient de membres dans la société. Ces disciples de Jésus humilié enjambèrent ces modestes montures, et, sur l'ordre de Jean, ils prirent la queue d'une main en guise de bride, de l'autre ils tenaient un rameau d'olivier, la tête couronnée également d'olivier. Jean se mit à leur tête, et tous ensemble ils s'avancèrent, avec un pareil équipage, dans les rues les plus fréquentées de Sienne, en criant: *Vive Jésus seul dans le cœur de tous les hommes!* C'étaient autant de fous! diront peut-être quelques hommes superbes en haussant les épaules. Oui, nous convenons que c'étaient des insensés, mais c'est cette sublime folie qui a renversé la sagesse de la Grèce et de Rome; c'est elle qui a produit dans tous les temps ces hommes admirables qui ont étonné le monde par leurs vertus, bâti les hôpitaux et ouvert un asile à toutes les infirmités. Cette cavalcade produisit son effet ordinaire. Les hommes légers méprisèrent, et des conversions nombreuses s'ensuivirent.

Un autre jour, Jean se dépouilla de presque tous ses haillons, se fit lier les mains derrière le dos, et, suivi de ses compagnons armés de fouets qui le fustigeaient rudement, il traversa la ville en criant : — « Ayez pitié d'un misérable usurier » qui vous demande pardon de ses crimes ! » Deux jeunes nobles, Boccia et Nardusa, touchés de la grâce divine, voulurent le lendemain embrasser aussi la sainte folie de la Croix, et ils supplièrent Jean de les recevoir au nombre de ses disciples. Le Saint les soumit aux épreuves ordinaires, c'est-à-dire au baptême des plus pénibles humiliations. Ils les subirent avec joie. Il voulut éprouver leur obéissance. — « Vous, dit-il à Nardusa, vous allez à l'instant traverser la ville, tout nu, en criant : *Vive Jésus seul dans le cœur de tous les hommes !* Le jeune homme se mit nu comme un ver et s'élança vers la porte pour exécuter cet ordre. — « Arrêtez, lui dit alors Jean, Dieu préfère » l'obéissance au sacrifice. »

Parmi les membres de la noblesse de Sienne, il y en avait un qui se distinguait par les sarcasmes qu'il lançait sans cesse contre Jean Colombini et ses compagnons. C'était le jeune et brillant Thomas Guelfacci. — Il ne comprenait pas, disait-il, que des hommes raisonnables pussent mener un tel genre de vie ; il faudrait enfermer Jean et ses sectateurs dans quelque maison de fous ; il n'y avait pas danger, ajoutait-il, qu'il devînt l'imitateur de ces insensés. A quelques jours de là, Jean rencontra Thomas en équipage de chasse, monté sur un beau palefroi, entouré d'amis nombreux, suivi d'une meute de lévriers rares ; il l'accosta et lui dit : *Heureux les pauvres d'esprit ; heureux ceux qui souffrent persécution pour la justice ; vous serez heureux lorsqu'on vous maudira, qu'on vous méprisera à cause de moi !* Il développa ensuite ces paroles avec une telle onction que Thomas Guelfacci fut miraculeusement changé en un autre homme. Il descendit de cheval et pria Jean, les larmes aux yeux, de le conduire parmi ses compagnons. Il devint un prodige d'humilité, et il poussa l'amour des humiliations jusqu'à l'héroïsme.

Ces conversions multipliées, produites parmi ce qu'il y avait de plus distingué dans la ville, autant que l'étrangeté extraordinaire de ce genre de vie, commencèrent à réveiller les inquiétudes du sénat. On exhala d'abord des mépris contre l'auteur de ces changements, puis on en murmura hautement. La haine en vint même à se faire jour, et Jean fut regardé comme un homme très-dangereux pour la jeune noblesse. Le sénat, après une discussion orageuse, dans laquelle les injures ne manquèrent pas au serviteur de Dieu, formula un décret qui bannissait Jean Colombini comme *perturbateur de la république*. Le Saint se soumit avec résignation à cette injuste sentence. Mais Dieu prit soin de sa vengeance. A peine fut-il sorti de la ville de Sienne, que le ciel s'obscurcit au point de dérober toute clarté; le tonnerre mugit avec fureur ; des éclairs sinistres sillonnèrent le ciel en courroux ; des tourbillons et des rafales qui déracinaient les arbres dévastèrent les champs ; puis la grêle, suivie d'une pluie torrentielle, acheva la destruction. Des maladies inconnues sévirent sur la population, à la suite de cet orage, et une effrayante mortalité fit beaucoup de victimes. Le sénat se reconnut coupable envers le saint homme, il révoqua l'arrêt de bannissement et choisit quelques membres de son sein pour aller le rappeler. Les députés trouvèrent le serviteur de Dieu dans la ville d'Arezzo, parcourant les rues avec son cri ordinaire : *Vive Jésus seul dans le cœur de tous les hommes !*

Comme les prodiges suivaient ses pas et que ses exhortations simples et familières avaient quelque chose d'entraînant, il fit à Arezzo, beaucoup de conversions éclatantes et de nombreux disciples. On lui apporta un homme mourant, il fit sur lui le signe de la croix, en prononçant son refrain accoutumé, et aussitôt le malade se leva guéri. Ses disciples avaient passé toute une journée sans manger, après avoir travaillé avec ardeur au soin des malades. Le soir venu, la faim les tourmentait, sans que personne cependant se plaignît. Il n'y avait absolument rien dans la maison qu'ils habitaient, pas même un morceau de pain. — « Mettez-vous à table, leur dit Jean, je » vais vous servir un repas substantiel. » Ils se placèrent tous devant les tables vides. Jean se mit alors à leur parler de l'amour immense de Jésus pour les hommes, avec une ferveur tellement séraphique, que son discours dura toute la nuit. Ses disciples sentirent leur terrible faim complétement apaisée, et nul ne sentit le besoin de dormir. Le lendemain, il alla avec ses disciples se mettre aux ordres des administrateurs de l'hôpital pour servir et soigner les malades. Tandis qu'il prodiguait ses soins à un malheureux couvert d'ulcères, une lumière éclatante sortit tout à coup de sa poitrine, et inonda toute la salle. Les habitants d'Arezzo, qui le regardaient comme l'envoyé de Dieu, avaient pour lui le plus grand respect et l'invoquaient dans tous leurs maux. Ces démonstrations ne furent pas du goût de Jean. Peu de temps après, il disparut avec ses disciples, et se dirigea vers Città di Castello.

Il entra dans cette ville à la tête de ses compagnons, avec le costume un peu bizarre qu'il leur avait fait adopter; ce costume consistait en un manteau de drap commun, avec la tête ceinte d'olivier et les pieds entièrement nus. Ils proféraient tous ensemble ces mots qui opéraient des merveilles de conversion : *Vive Jésus seul dans le cœur de tous les hommes!* En voyant arriver cette troupe d'hommes avec un tel costume, les habitants les prirent pour des insensés échappés de quelque maison d'aliénés. Jean alla demander à l'évêque la permission de prêcher sur la place. Le prélat, éclairé sans nul doute des lumières d'en haut, lui accorda facilement cette autorisation. Les habitants de Città di Castello se groupèrent autour de lui d'abord pour rire, mais les larmes ne tardèrent pas à couler et les sanglots à éclater, quand on eut entendu l'homme de Dieu. Il apaisa des haines irréconciliables qui divisaient les citoyens, et chacun courut chercher le baiser fraternel dans les bras de celui que naguères il regardait comme son ennemi ; il convertit un tabellion endurci par l'usure et la chicane. En peu de jours la ville changea de face, et chacun répétait avec amour le refrain merveilleux : — *Vive Jésus seul dans le cœur de tous les hommes !* Jean et ses compagnons allèrent se mettre au service des malades qu'ils portaient sur les épaules. L'évêque, plein de reconnaissance pour le bien opéré par l'homme de Dieu, voulut lui donner une maison commode pour lui et ses compagnons. Les habitants le bénissaient à l'envi. Mais l'homme, ami des humiliations et du mépris, désireux de la croix de Jésus-Christ, disparut un jour avec tous ses compagnons.

CHAPITRE V.

Pourquoi Jean se revêt d'un collier d'âne. — Exhortation à ses disciples. — Une prédiction. — Comment ses religieux reçurent le nom de Jésuates. — Le pape Urbain V approuve son ordre. — Sa bienheureuse mort. — Ses écrits.

JEAN, fidèle à sa mission, se dirigea vers la ville de Pise où il apprit qu'il y avait une maladie contagieuse. Il arriva avec ses compagnons vers le grand hôpital, pour se mettre aux services des malades. Leur costume et leur nombre les firent prendre pour des malfaiteurs. On leur refusa rigoureusement l'entrée. On ne voulut même les recevoir nulle part, et ils furent obligés de passer la nuit sous la voûte céleste. Le lendemain, ils se répandirent dans la ville en demandant l'aumône et répétant partout : — *Vive Jésus seul dans le cœur de tous les hommes !* Comme les trompettes des israëlites renversèrent les murs de Jéricho, on aurait dit que ce refrain merveilleux avait le pouvoir d'amollir les cœurs les plus endurcis. Jean parut un jour dans les rues de Pise avec un collier d'âne sur le cou, demi-nu, accompagné de deux de ses disciples qui le flagellaient, tandis qu'il criait : — « Priez, mes frères, pour un » misérable usurier, afin que Dieu lui fasse miséri» corde ! » Tout à coup il s'arrêta, il avait aperçu un pauvre tout couvert d'ulcères d'où sortaient la pourriture et l'infection, et que tout le monde fuyait avec horreur. Jean s'approcha avec respect, baisa à diverses reprises la plus dégoûtante des plaies, prit le malade dans ses bras et le porta à l'hôpital, ayant toujours son collier d'âne. Au moment où il allait remettre le malade aux infirmiers, celui-ci se trouva complétement guéri et se mit à crier : *Au miracle !*

L'unique préoccupation de Jean était de se pénétrer de l'esprit de Jésus-Christ et d'en revê-

tir ses disciples : — « Aimez Jésus comme fin, ai-
» mez-le comme moyen, leur disait-il un jour, et
» ne cherchez rien hors de lui, puisque vous avez
» tout en lui. Vous le trouverez toujours plein de
» grâce, parce qu'il est la paix et la réconciliation
» du monde; plein de vérité, parce qu'il est le Verbe
» du Père ; plein de beauté, parce qu'il est le type
» de toute perfection ; plein de vertus, parce qu'il
» est le Saint des saints ; plein de gloire, parce que
» vous verrez dans lui la divine essence dans l'éter-
» nité. Tous les moyens que vous prendriez pour
» arriver à la perfection sont illusoires, s'ils ne sont
» pas puisés en Jésus-Christ. La souffrance, le mé-
» pris, les misères de la vie ont été sanctifiés et
» déifiés par lui. L'esprit de Jésus est un esprit de
» pénitence, car il a porté le poids de nos péchés
» sur son corps, et il en a fait pénitence sur la
» croix. L'esprit de Jésus-Christ est un esprit d'ab-
» négation et de patience, toute sa vie nous l'ap-
» prend. L'esprit de Jésus-Christ est un esprit plein
» de sagessé, mais de celle qui est contraire aux
» lumières de la raison humaine. C'est cette sagesse
» qui doit nous faire aimer la pauvreté, la morti-

» fication, l'obéissance, le mépris. Rappelez-vous, » mes frères, ce que S. Paul nous a dit : *Celui qui » est sage selon Dieu, doit devenir fou selon le » monde.* » Les disciples firent de tels progrès sous un si saint maître qui les soutenait par ses exemples merveilleux et par ses leçons, qu'il leur arriva un jour de se trouver gravement malades tous à la fois, par suite de leurs pénitences extraordinaires et de leurs efforts continuels pour se régénérer en Jésus-Christ. — *Vive Jésus seul dans le cœur de tous les hommes !* leur dit Jean en les bénissant. Aussitôt ils se trouvèrent tous parfaitement guéris.

Jean Colombini avait appris que la ville de Montalcino était livrée aux plus affligeants désordres. Là, le vice y passait pour vertu, et la vengeance y était si fort en vogue, que les enfants, en apprenant à parler, apprenaient à ne jamais laisser la moindre offense impunie. Ce peuple ignorait les premiers éléments de la foi, et presque personne ne savait les commandements de Dieu et le symbole des apôtres. Le libertinage le plus éhonté levait audacieusement la tête. Le vol, le parjure, le faux témoignage, tout cela était en honneur. Jean voulut entreprendre de ramener à Dieu cette ville coupable. Il y arriva avec ses disciples, et fit pendant plusieurs jours tous les efforts possibles pour réveiller ces cœurs endurcis. Mais, soit que Dieu voulût l'humilier, soit qu'il voulût punir ce peuple prévaricateur et qui devait avoir abusé de bien d'autres grâces, toutes les tentatives du saint homme furent complétement inutiles. Il ne parvint pas même à convertir un seul pécheur. Il exécuta alors le conseil de l'Evangile, il secoua la poussière de ses pieds, puis, se tournant vers la ville, poussé sans nul doute par l'esprit de Dieu : — « O Montal-» cino ! s'écria-t-il, infortuné Montalcino ! tu veux » donc périr? Tu veux être maudit de Dieu ? tu » refuses la grâce qu'il t'envoie ? Ah ! malheur à » toi! de grands maux vont tomber sur tes murs! » Cette prophétie s'accomplit à la lettre ; peu de temps après, cette ville rebelle, après avoir subi les horreurs de dissensions intestines qui firent périr un grand nombre de citoyens, fut en proie à la famine, puis à une maladie contagieuse qui emporta presque toute la population. Outre le don de prophétie dont Dieu récompensa son serviteur, il lui accorda encore, en plusieurs circonstances, une des qualités des corps glorieux, savoir l'agilité. Il apparut bien souvent à certains de ses disciples qui se trouvaient dans des villes très-éloignées, soit pour les consoler, les éclairer ou les fortifier, et cela sans quitter le lieu où il se trouvait. Jean avait complétement détruit le vieil homme, Jésus-Christ vivait en lui et agissait par lui : il n'est donc pas étonnant qu'il fût doué de certaines qualités que l'homme animal ne peut comprendre.

Ce grand serviteur de Dieu fit un bien immense dans un grand nombre de villes d'Italie par le retour des pécheurs, par les soins donnés aux malades, par les améliorations apportées aux hôpitaux, par les pharmacies et les officines médicales qu'il établissait sous la direction de ses religieux. Son passage à Viterbe eut cela de mémorable, que c'est dans cette ville que sa congrégation reçut le nom qu'elle a tant illustré. Selon leur habitude, Jean et ses disciples répétaient incessamment : — *Vive Jésus seul dans le cœur de tous les hommes !* Ils ne prononçaient pas une parole sans ajouter aussitôt : — *Loué soit Jésus-Christ !* Le nom adorable de Jésus était si souvent sur leurs lèvres, que le peuple ne les désigna plus que sous le nom de Jésuates. Ce nom fut adopté par le fondateur avec bonheur, comme résumant tout l'esprit de sa règle qui était de vivre de l'esprit de Jésus-Christ et de se vouer au soulagement de ses membres souffrants. Les Jésuates eurent un grand nombre de couvents en Italie, et partout ils consacraient leur temps à la pharmacie, à la distillerie et à l'herborisation, afin de subvenir aux besoins des pauvres. Il se forma aussi plusieurs maisons de religieuses qui suivirent la règle de cet institut.

C'était en 1366. Jean Colombini avait avec lui soixantes fervents disciples. Il comprit qu'il avait besoin de l'approbation du souverain pontife pour pouvoir donner à son ordre des développements ultérieurs. Il partit donc avec tous ses compagnons pour Avignon, où résidait alors le saint pape Urbain V. Ils arrivèrent dans cette ville nu-pieds, couverts de haillons et la tête ceinte de branches d'olivier. Plusieurs cardinaux ayant été prévenus contre Jean Colombini et ses disciples, ceux-ci furent représentés au pape comme suspects d'hérésie et affiliés aux Flagellants. Urbain V les fit soigneusement examiner par d'habiles docteurs sur leur doctrine et sur leurs pratiques de piété. Tout fut trouvé parfaitement conforme à l'Evangile. Alors le souverain pontife approuva solennellement leur règle, et reconnut leur institut comme ordre religieux. Néanmoins il n'accepta pas leur costume. Il leur prescrivit lui-même la tunique blanche avec un chaperon blanc et un manteau brun.

Jean avait terminé son œuvre. Il préparait, par une règle approuvée par l'autorité infaillible, des successeurs dignes de lui. L'heure des récompenses était donc arrivée pour ce fidèle disciple de Jésus crucifié. Peu de temps après son retour à Sienne, il fut atteint du mal qui devait rompre les liens qui le retenaient encore sur la terre. Avant de rendre son dernier soupir, il recueillit toutes ses forces, et il parla en ces termes à ses religieux réunis autour du misérable grabat où il était: « Aimez Jésus, mes frères; celui qui l'aime » méprise toute autre chose; il ne regarde que lui, » préfère à tout autre bonheur le bonheur de le » contenter; et, n'ayant dans toutes ses paroles, » dans toutes ses actions, dans toutes ses pensées » que le seul but de plaire à Jésus, il doit rejeter » avec horreur tout ce que Jésus défend. Rien ne » plaît au Père que ce qui est couvert des livrées » de Jésus et revêtu de ses vertus. Il faut donc » faire toutes nos actions dans la lumière de la foi, » afin qu'il les agrée; il faut les animer de la » grâce et de la charité. Il faut toujours pouvoir » dire: Je fais en tout sa volonté. Je désire sur- » tout qu'on distingue ce petit troupeau par son » constant amour de Jésus crucifié, amour qui » doit vous porter non-seulement à souffrir les » mépris, les injures, les calomnies, les juge- » ments désavantageux, les persécutions du » monde, mais encore à les aimer, à les recher- » cher comme de précieux trésors. Seigneur Jésus, » je remets mon âme entre vos mains! » En disant ces mots, ce grand serviteur de Dieu expira doucement, le 31 juillet 1367. Une expression céleste resta empreinte sur sa physionomie, et ses membres, conservant leur flexibilité, on aurait dit qu'il dormait d'un paisible sommeil. Toute la ville de Sienne accourut pour vénérer les restes précieux de celui qu'elle appelait le *Saint*, et pour être témoin des nombreuses guérisons par lesquelles Dieu voulut glorifier ce fidèle imitateur de Jésus anéanti.

S. Jean Colombini a laissé quelques écrits : 1° la Vie du B. Pierre Petroni, celui-là même qu'il alla consulter ; 2° quelques lettres adressées à des religieux ; 3° des fragments sur la *pauvreté*, l'*humilité*, l'*amour de Dieu*, le *mépris du monde*, la *crainte de Dieu*, la *foi*, le *désir de la perfection*, a *mortification des sens*.

Nous croyons ne pouvoir mieux terminer cette Vie qu'en faisant un résumé succinct de chacun de ces précieux fragments.

I.

Jésus-Christ est le roi de tous les pauvres. Jamais personne ne s'est dépouillé autant que lui. Heureuse l'âme qui peut dire : Dieu est tout mon trésor ; je trouve en Jésus-Christ tous mes besoins! Les religieux doivent se glorifier de la pauvreté comme du plus riche ornement de leur âme. La sainte pauvreté est toujours contente, parce qu'elle est sans soins et sans désirs. Elle est la mère des lumières du ciel, l'école des vertus, la reine du ciel et de la terre, puisque les saints ont tout en commun. Elle est l'épouse de Jésus-Christ et la fille chérie du Père de qui elle reçoit les plus tendres caresses.

II.

L'humilité est comme l'échelle de Jacob : les anges y montent en descendant, et descendent en montant. Quand l'obéissance vous applique aux offices honorables, montez-y, mais que ce soit en descendant et rabaissant votre orgueil, en vous tenant toujours pour la personne la plus indigne et la plus imparfaite, en vous persuadant que vous êtes là pour servir les autres. Si l'on vous destine aux bas offices, descendez-y, mais en montant et élevant votre cœur par la plus pure intention de plaire à Dieu. Le propre d'un grand cœur est d'être au-dessus de toutes les charges élevées par modestie et au-dessous de tous les mépris par humilité.

III.

Le plus grand bonheur des saints est d'aimer Dieu sans relâche, sans intermission, sans mesure, sans partage ; cet amour est l'âme de toutes leurs actions, car ils font tout par amour. C'est cet amour qui règne dans leur cœur avec un empire absolu et qui le gouverne en toutes choses. Leur entendement est tout plein des lumières de l'amour sans aucunes ténèbres. Leur volonté est toute pleine des vives flammes de l'amour. De là vient qu'ils ne font rien qu'avec un souverain contentement et une sainteté parfaite. Tout pour Dieu, tout par amour, rien par coutume, crainte ou respect humain. C'est par les plaies de Jésus-Christ que nous devons entrer dans le sanctuaire du pur amour.

IV.

Le monde n'est rien pour nous quant à l'existence, puisque c'est Dieu qui nous l'a donnée, qui nous la conserve et qui peut nous l'ôter; rien pour le bien-être, car c'est Dieu qui nous donne la sainteté et la vertu. L'amour du monde souille la beauté de l'âme, car il est trop corrompu et son fond n'est que malice. Le monde n'est rien pour vos succès, car toute notre force vient de Dieu; les talents sont un bienfait de sa main, et s'il ne bénit nos desseins, nous travaillons en vain. Le monde n'est rien pour le bonheur de notre âme, car tout est mensonge, vanité et affliction d'esprit, tandis que Dieu est notre suprême béatitude. Nous ne pouvons être réellement heureux que lorsque nous serons détachés entièrement du monde et unis à Dieu seul. Alors nous serons supérieurs à tous les revers et à tous les maux.

V.

Celui qui craint Dieu ne néglige point les petites imperfections, parce qu'il a une délicatesse de conscience qui le rend sensible aux moindres fautes. Il en pleure et gémit devant Dieu. Il ne néglige point les petites dévotions, il les estime et les pratique avec une actuelle application et attention à Dieu. Celui qui craint Dieu ne néglige point les petites mortifications tant intérieures qu'extérieures. Les petites mortifications intérieures sont d'une grande considération devant Dieu, parce qu'elles humilient notre nature et la font mourir. Celui qui craint Dieu ne néglige point les petites occasions qu'il lui envoie de pratiquer la vertu. Il s'applique à tout, afin de faire bon usage de tout, et ne laisse échapper aucun moyen de s'avancer dans la perfection. La crainte de Dieu empêche la crainte servile de l'enfer. La sainte crainte est toujours tranquille et exempte de ces scrupules qui naissent d'une inquiétude mal fondée.

VI.

Dieu fait plus de cas d'un esprit humilié sous les simples connaissances de la foi, que de tous les plus beaux raisonnements de l'esprit humain, qui nuisent souvent plus qu'ils ne profitent, soit dans l'oraison soit dans la prédication. La foi nous instruit suffisamment de tout ce que nous devons savoir pour traiter avec Dieu, et nous fait connaître assez de choses, soit sur les mystères, soit sur les vérités dont nous avons à nous occuper en sa présence, sans que nous soyons obligés de recourir aux autres. La lumière de la foi nous accompagne dans nos prières comme dans nos bonnes œuvres, tandis que les autres nous font souvent défaut. C'est la plus noble de toutes les connaissances que nous puissions avoir en cette vie. Elle surpasse toute la science d'Adam dans le paradis terrestre, toute la sagesse de Salomon, toutes les connaissances naturelles et surnaturelles des anges durant le temps de leur voyage, toutes les lumières ordinaires et extraordinaires des saints qui sont sur la terre. En effet, son objet c'est Dieu même tel qu'il est en soi, tel qu'il ne peut être compris par aucune lumière créée. Une fois que la clarté de la foi est entrée dans notre esprit, non par raisonnement, mais par la suavité de la grâce, elle assujettit l'entendement et le gagne avec autant d'autorité, que la certitude qu'elle lui donne surmonte toutes les autres certitudes du monde. De là vient le grand crédit que la foi vive a auprès de Dieu; Dieu ne lui refuse rien.

VII.

Nous arrivons difficilement à la perfection chrétienne, parce que, après nous être corrigés des habitudes les plus mauvaises, nous ne voulons pas nous faire violence, pour éviter les fautes légères dans lesquelles nous tombons journellement. On s'affaiblit insensiblement et l'on fait bientôt les chutes les plus funestes lorsqu'on ne se donne aucun soin d'éviter les plus petites et les moins dangereuses. Il faut renoncer de bonne heure au commerce de l'amitié, aux délassements frivoles et à toute consolation extérieure. Il ne faut chercher d'autre ami et d'autre consolation que Jésus-Christ, qui suffit seul à tous les besoins de notre âme.

—

VIII.

C'est par les yeux que le vice s'introduit ordinairement dans notre âme. Mettez autant de célérité et d'ardeur à détourner les vôtres de ce qui pourrait vous porter au mal et vous empêcher de faire le bien, que vous en mettriez à fuir un pays ravagé par la peste. Il n'y a rien de plus pernicieux à la vie chrétienne que la vie des sens, parce que la fantaisie, étant réveillée par les sens, agit sur nos facultés, les affaiblit, change leur direction et entraîne la volonté, de telle sorte que celle-ci donne enfin son consentement aux affections dépravées qui lui sont présentées. Il faut donc nous éloigner des objets qui peuvent réveiller la concupiscence, pourvu que nous agissions avec discernement; car il est plus facile d'éviter les occasions d'où pourraient naître des satisfactions coupables que d'empêcher notre âme de s'y arrêter avec complaisance. Ne fournissez jamais rien à la chair dont elle puisse se servir pour vous porter au mal ; usez de tout avec autant de modération que de prudence, et maintenez constamment vos sens dans le devoir. Rappelez à votre souvenir la vigilance, la modestie, les jeûnes, les abstinences presque incroyables des saints, et ayez toujours sous vos yeux Jésus-Christ abreuvé de fiel et de vinaigre.

FIN.

TABLE DES MATIÈRES.

HISTOIRE DE SAINT ROCH.

VIE DE SAINT JEAN COLOMBINI,

Fondateur des Jésuates.

FIN DE LA TABLE.

Carpentras. Impr. Devillario.

www.ingramcontent.com/pod-product-compliance
Ingram Content Group UK Ltd.
Pitfield, Milton Keynes, MK11 3LW, UK
UKHW031845260826
14628UKWH00002B/595

9 782012 956261